PHILIPPE

DIANE DE DIEULEVEULT

PHILIPPE

BERNARD GRASSET
PARIS

A toi, Philippe, tout naturellement.

Lorsque j'ai décidé d'écrire ce livre, je n'imaginais pas la difficulté de la tâche. Je n'en serais pas venue à bout sans l'aide, les conseils, l'obstination de Francis Lacassin. J'ai abandonné dix fois et dix fois, il m'a persuadée de continuer. Je tiens à l'en remercier; et à dire également à François Laurenceau combien l'amitié qu'il m'a témoignée, en cette circonstance et en d'autres, m'a été d'un précieux réconfort.

1

Au pays de l'absence

Bonjour Philippe!

Tu vas être étonné!

Moi qui ne t'écris pas souvent, ne sachant jamais où t'adresser mes lettres, ce matin, je prends le temps de répondre, d'un seul coup, à toutes celles que tu m'envoyais des quatre coins du monde.

Elles arrivaient parfois après ton retour; quelquefois, même, tu étais déjà reparti très loin.

Je les dévorais, je les montrais aux enfants comme un trésor envoyé par papa. Mais toi revenu, ces morceaux de papier chargés des tendresses du bout du monde, je ne m'en souciais plus. Ils étaient périmés puisque tu étais là.

Je les croyais perdus, ou enterrés sous d'autres papiers inutiles. Les voici : dans la boîte à chaussures où tu les as rangés, année après année, par ordre chronologique.

A côté, j'ai trouvé un autre carton à chaussures, protégé celui-là par du papier d'emballage, fermé par du papier collant, et portant en grosses lettres le mot : DIANE. J'ai déchiré le papier d'emballage et j'ai découvert, dans leur enveloppe d'origine, TOUTES les lettres que je t'ai envoyées de 1967 à 1977, l'année de notre mariage. La plus ancienne date de l'hiver 1967, nous avions seize ans...

Je savais que tu les conservais. Je ne les avais plus vues depuis le jour où je les ai écrites. Entre mes lettres et le couvercle, posé à plat, et plié en quatre, un chiffon blanc cassé, un peu sale, usé, troué à plusieurs endroits : un foulard, mon foulard... Je le portais le jour où tu m'as quittée, après quelques mois de mariage, pour faire la Course autour du monde. Juste avant ton entrée dans la salle d'embarquement, j'ai détaché ce foulard de mon cou et je l'ai noué autour du tien.

Quatre mois plus tard, à ton retour, à l'aéroport de Roissy, tu l'as détaché de ton cou pour le nouer au mien. C'est la première fois depuis dix ans que je revois ce morceau d'étoffe. Vu son état, je croyais l'avoir jeté. Tu l'avais caché parmi tes trésors secrets.

Dans la boîte des lettres écrites par toi, tu n'as pas eu le temps de ranger les dernières, que tu nous as envoyées, en juillet 1985, du Burundi. A chaque envoi, nous recevions trois enveloppes : une pour moi, une pour Erwann, une pour Tugdual. A ce dernier courrier, il y avait une quatrième enveloppe adressée à : *? de Dieuleveult*. Le contenu était bref : « Bonjour, qui que tu sois, je t'aime déjà. »

Si tu me lis, où que tu sois, sache que ce? s'est transformé le 14 août – huit jours après ton dernier signe de vie – en une adorable petite fille, du nom de Anaïd, comme nous l'avions décidé depuis longtemps.

Quand je l'ai vue, à peine née, j'ai cru te voir. Les trois premiers jours, elle te ressemblait comme deux gouttes d'eau. Aujourd'hui encore, elle a la forme de tes yeux, ils sont un peu moins foncés que les tiens. C'est un beau bébé comme l'étaient ses frères, mais plus sage. Elle est très sociable et rit tout le temps. Tu en serais gâteux si tu la voyais. Erwann m'a dit un jour : « Quel dommage que papa ne soit pas là pour voir comme Anaïd est mignonne. »

Tous les journaux m'ont réclamé sa photographie. J'ai refusé. Je ne voulais pas que la France entière connaisse Anaïd avant son papa, avant que tu n'aies partagé avec moi son premier sourire! On m'a même proposé de l'argent : l'offre est montée très haut pour un seul cliché. Un tentateur a cru être plus malin que les autres. Il s'est bien gardé de m'offrir de l'argent. Si je lui remettais une photographie d'Anaïd et un message de moi sur cassette, il se faisait fort de te les faire parvenir où que tu sois...

T'attendais-tu à ce qu'Anaïd soit aussi demandée? Elle est déjà une petite fille très gâtée. Une semaine après sa naissance, elle était couverte de cadeaux. Des quantités de gens que je ne connais pas, que tu ne connaissais pas, mais qui t'aimaient, lui ont envoyé des médailles, des robes, des manteaux, des bavoirs, des jouets. Le plus touchant de ces cadeaux : un hippopotame en peluche...

Pour ce premier Noël sans toi, l'afflux de cadeaux pour Anaïd a recommencé. Pour ses frères aussi, et même pour moi. Tu as écrit dans *J'ai du ciel bleu dans mon passeport* que j'aimais les chocolats suisses. J'en ai reçu une dizaine de boîtes. Je pense aussi à cette gentille dame qui venait de loin chaque semaine pour déposer des fleurs devant ma porte jusqu'au jour où je lui ai demandé d'arrêter. Je ne pouvais accepter qu'elle continue à se déranger ainsi.

Et les lettres de tes admirateurs continuaient inlassablement à m'apporter des mots d'amitié, d'espoir. Pendant des mois, j'ai essayé de les en remercier. Aujourd'hui, je ne peux plus. J'espère qu'ils le comprennent... Beaucoup d'ailleurs me disaient de façon sympathique : « Ne me répondez pas. Je sais que vous n'avez pas le temps. Cela nous fait plaisir de vous dire que nous pensons à vous. »

Tu vois, je ne suis pas seule. La famille, les amis connus ou inconnus m'entourent. D'ailleurs tu es là, toi aussi, auprès de moi, même si ton absence physique me fait mal. Pourquoi prolonges-tu ta fuite dans le plus inaccessible des pays, le pays de l'absence? Pourquoi ne m'appelles-tu plus? Ici, on attend de tes nouvelles.

Cela faisait toujours un grand boum dans mon cœur quand le téléphone sonnait en pleine nuit. A trois heures du matin, ce ne pouvait être que toi. C'était toi, à l'autre bout du monde. Je te disais : « Les enfants dorment. Les autres dorment. Je suis seule à t'entendre dans la nuit. J'ai un peu l'impression que tu es encore là, près de moi. »

Te souviens-tu de nos discussions interminables au téléphone, pour savoir qui de nous deux raccrocherait le premier, qui de nous deux couperait le contact? Tu me disais : « A trois, c'est toi qui raccroches. Un, deux, trois... » Un grand vide autour de moi. Et tout à coup, j'entendais un « allô? » timide et lointain. « Tu es encore là? » Et la conversation repartait sur moi, sur toi, sur les enfants, sur les projets.

Tes nouvelles me parvenaient par des voies très mystérieuses quand les voies normales étaient inaccessibles. Je m'endormais, le soir, préoccupée par ton silence depuis ton départ pour la Thaïlande, le Tchad ou la mer de Chine, et le lendemain, je trouvais dans la boîte aux lettres une enveloppe avec ton écriture, avec un timbre français et le cachet de la poste de Paris ou de Clamart. Tu l'avais remise à une hôtesse de l'air ou au premier inconnu en partance pour Paris.

Quelquefois, le téléphone sonnait, tard dans la soirée. Je me précipitais : « Allô Philippe, c'est toi? » Non, pas tout à fait. Une voix lointaine, mais inconnue, me parlait. « Mon nom ne vous dirait rien. Je vous téléphone très brièvement car je suis en transit à l'aéroport de Bruxelles. J'ai rencontré, par hasard, votre mari à la frontière birmane. Il m'a prié de vous dire... »

Ces sonneries, ces messages bizarres étaient les moments les plus agréables de ma vie sans toi. Dans notre vie commune, faite d'une succession de départs et de retours, il y avait un son banal que je préférais à toutes les musiques. Le bruit de ta clé tournant dans la serrure de la porte de la maison. Il me rendait fébrile et apaisée à la fois. Je l'entendais toujours, même quand je dormais, même au plus profond de la nuit.

Quand tu n'étais pas à la maison, le moindre bruit perçait mon sommeil, le moindre pleur des enfants. Quand tu dormais auprès de moi, je ne les entendais jamais pleurer. Je n'entendais plus rien quand tu dormais à côté de moi car, aussitôt passé la porte, tu reprenais tout le poids de la maison en main, tout le poids de notre vie, tout le poids de la vie.

Philippe, tu as eu un jour le désir que je t'accompagne au cours de ta vie, que je fasse avec toi un bout de ton chemin sur cette terre. Je l'ai fait tant bien que mal, avec mes certitudes et mes doutes, probablement pas les mêmes que les tiens. Je l'ai fait sans la prétention d'avoir rempli ton existence. Tu avais toujours besoin d'aller ailleurs, d'aller plus loin, de connaître d'autres gens. Tu le disais toi-même : on ne peut pas vivre vingt-quatre heures sur vingt-quatre toute une existence avec quelqu'un.

Tu me demandais souvent de partager tes activités, tes enthousiasmes, tes passions. Mais si je l'avais fait aussi souvent que tu me l'as demandé, tu n'aurais pas supporté que je sois physiquement là, toujours à tes côtés. Tu avais besoin de partager tes peines, tes joies avec quelqu'un. Souvent, très souvent, avec moi. Pas toujours.

L'exclusivité est un mot que tu n'aimes pas quand il concerne les êtres. Et je me rends compte, aujourd'hui seulement, que j'ai eu beaucoup de chance d'avoir si longtemps accompagné ta route. Je comprends aujourd'hui la quantité d'amour que représentent les milliers de kilomètres que tu as retranchés de ta vie pour venir en voiture nous embrasser, les enfants et moi, et nous consacrer quelques heures. Beaucoup de kilomètres pour de brèves heures.

Une de tes grandes qualités est de regarder vers l'avenir, d'aller toujours plus loin, au-delà de l'instant.

Et pourtant, je le découvre aujourd'hui, tu as pris un soin méticuleux pour conserver le passé. Ta vie, ou presque, est consignée dans des carnets, d'innombrables photos, des dessins, des films et des lettres. As-tu donc tellement peur que les souvenirs te lâchent, ou que le temps efface ta trace?

Merci, Phil, de m'avoir laissée avec tout cela, ta plus belle œuvre : tes enfants. Mais quelle responsabilité! Je n'ai pas le droit de me tromper; et pourtant j'ai commis des erreurs et j'en commettrai encore. Mettre en valeur tes photos, tes écrits, tes dessins, j'y arriverai, même si tu l'aurais fait mieux que moi. Mais faire de tes enfants des hommes et une femme dignes de leur père, c'est autrement plus difficile. Seule ta vérité est la mienne. Saurai-je la communiquer à tes enfants? Saurai-je répondre à leurs questions, moi qui ai tant de doutes?

Où que tu sois, il faut que tu m'y aides. Aide-moi à être forte, à décider par moi-même, à aller jusqu'au bout de mes décisions, quels que soient les écueils et les circonstances.

Un jour tu m'as dit : « Quand je suis maussade ou de mauvaise humeur, ne me demande pas pourquoi. Si je le savais, cela passerait. » Tu attendais seulement de moi que je te pousse à faire ce que tu devais quand il le fallait. J'espère y être parvenue comme tu le souhaitais. Je ne t'ai pas toujours compris. Mes goûts pour les choses, nos idées sur la vie n'étaient pas toujours semblables, mais notre but à chacun était bien le même : faire le bonheur de l'autre.

En y pensant, je sens encore ta main dans la mienne. Cette main carrée, épaisse, si forte qu'elle aurait pu m'écraser les doigts. Cette main, elle me manque. Et pour cela, je t'en veux parfois de m'avoir laissée avec ces enfants que tu aimes. Pourquoi ton amour pour eux n'a-t-il pas été plus fort que ton amour pour l'aventure? Pourquoi t'ai-je attendu tous les jours pendant dix ans? Parce que c'était ma raison d'être auprès de toi? Parce que je n'ai pas su ou pu te retenir?

Mais toi aussi, tu souffrais de faire passer ta vie professionnelle avant ta famille, ton bonheur avant le nôtre. Un jour, tu nous as annoncé de ton air le plus grave et le plus solennel, comme si plus rien ne pouvait ébranler ta décision : « Ça y est. J'ai beaucoup réfléchi. C'est décidé, je quitte la Chasse aux trésors et je me cherche un boulot dans un bureau. » Quel éclat de rire! Et pourtant, tu étais on ne peut plus sérieux. Quitter la Chasse aux trésors, à quoi bon? Le jour où tu as fini par le faire, c'était pour repartir ailleurs.

Philippe, je vais te surprendre; c'est toi qui avais raison. Il faut vivre comme on le sent, surtout ne pas s'économiser, prendre la vie à pleines mains, sinon c'est une chose inerte et morte. Tu avais pour le traduire une formule éloquente : « Faire ce que je veux, où je veux, quand je veux. » Ce ne sont pas tes enfants qui te contrediront plus tard.

Quand tu n'étais pas en voyage, si peu souvent, tu voulais les avoir tout le temps auprès de toi, les emmener partout où tu allais, au pied des montagnes sur lesquelles tu filmais les alpinistes en détresse, dans les studios, dans les hélicoptères, dans les salles de montage, sur les terrains où tu atterrissais en ULM ou en parachute. Et jusque dans tes rendez-vous d'affaires. Tu as fait des séances de dédicace de livres avec Tugdual sur tes genoux. J'ai vu Erwann dormir sur des piles de bobines de films.

Chaque fois, je m'écriais : « Mais ça les fait dîner trop tard!... Ils n'ont pas dormi... ça les fatiguera... ils s'ennuieront... » Heureusement tu ne m'écoutais pas. Si en bon papa modèle tu avais respecté les règles du savoir-éduquer les enfants, tu n'aurais pas laissé aux tiens d'aussi merveilleux souvenirs.

J'écris cela dans un avion, comme toi. Dans l'avion qui me ramène au Zaïre.

Depuis le 6 août 1985, j'ai passé de longs jours, de longues nuits à t'attendre, à pleurer, à espérer, à désespérer. Puis je t'ai cherché n'importe où, écoutant tout et n'importe quoi, faisant peut-être n'importe quoi. J'ai accueilli les informations – les inventions – les plus folles. Et j'ai passé de longues heures à les vérifier, à écrire, à guetter le facteur, crispée au téléphone, courant de rendez-vous en rendez-vous, espérant, désespérant.

Puis un jour, j'ai éprouvé le besoin de voir avec mes yeux à moi cette île, ce barrage, ce fleuve dont tant et tant de gens ne cessaient de parler, parfois sans les avoir jamais vus. J'ai pris l'avion avec des gens que je ne connaissais pas. J'ai fait le même voyage que toi ou presque : je suis allée à Kinshasa, à Inga. Et même à Banana, le port où tu devais terminer ton voyage. A Banana, j'ai regardé pour toi ce que tu n'as pas vu. J'avais besoin de me retrouver seule avec toi, dans cette Afrique que tu aimais tant. Je voulais pouvoir raconter un jour à Erwann, à Tugdual, à Anaïd, ce que j'avais vu en mettant mes pas dans tes pas.

J'espérais en allant là-bas que je t'y trouverais et que l'on me dirait : « Je l'ai vu hier, il allait bien. » Je t'ai cherché sur les rives de ce fleuve. De ma chambre d'hôtel, je voyais le Zaïre passer. Sur ces flots, mon regard cherchait les rafts. Malgré moi, je les attendais, je les imaginais passant au loin.

Ce voyage m'a permis de voir plus clair en moi. Il m'a rendue plus forte. Il m'a apporté sur toi, sur moi, des tas de révélations. Grâce à mon voyage au Zaïre, j'ai eu le sentiment de vivre seule ce que tu as maintes fois vécu. L'excitation du départ, l'attrait du nouveau et de l'inconnu, et aussi la tristesse du départ. Là-bas, j'avais sans cesse l'envie de partager ce que je voyais, ce que je faisais. Toi seul pouvais comprendre.

C'est au Zaïre que j'ai regretté de ne pas avoir toujours su percevoir ce que tu éprouvais à tes retours. J'ai vécu aussi ce retour où l'envie de raconter est si forte qu'on ne peut pas l'épancher faute d'un interlocuteur qui connaisse ce qu'on a vu et ressenti.

Et puis l'envie de faire avec toi, pour toi, tout ce que

tu devais assumer, à peine passé la porte de la maison. Assumer le téléphone, les rendez-vous, la corbeille du courrier « arrivée » qui déborde, la paperasserie administrative, les rendez-vous; continuer tout ce que tu avais entrepris. Tout cela pendant que les enfants vous harcèlent de leur tendresse à laquelle on voudrait répondre sans en avoir assez le temps.

Je veux que tu sois fier de moi. Il me faut lutter pour que tu retrouves tout en place, la vie prête à reprendre son cours si tu reviens du pays de l'absence.

Pendant des années, la vie nous emportait tellement vite que nous n'avons pas eu le temps de nous comprendre, de nous resituer l'un par rapport à l'autre. Pour le faire, j'ai envie de parcourir à nouveau tout le chemin que nous avons fait ensemble, pour réapprendre à te connaître. Pardonne-moi si je le fais aussi tard.

Quelle que soit l'issue de cette longue épreuve, sache qu'elle m'a appris à mieux te connaître, à mieux te comprendre. Tu disais : « Entre la naissance et la mort, il y a un grand vide qu'il faut combler. » Si tu ne reviens jamais, j'espère que tu as pu le combler, selon tes vœux.

Quoi qu'il arrive, je retiendrai la leçon : oui, la vie, il faut la prendre à pleines mains, sinon elle ne sert à rien. C'est le cadeau d'anniversaire que tu me fais, en ce 11 mars 1986, à une heure trente du matin.

2

Du côté de Saint-Malo

C'est peut-être un caprice du destin, mais moi, je le prends comme un cadeau. Le 30 juillet 1985, à six heures du matin, quand tu m'as embrassée pour la dernière fois, c'était à Saint-Malo. Là même où tu es entré dans ma vie, il y a... il y a...

C'est loin, très loin. C'était écrit avant que nous soyons nés : nos familles se côtoyaient depuis au moins trois générations. La maison de ta grand-mère se trouve dans la même rue de Saint-Malo que la maison de mon grand-père, à quelques pas l'une de l'autre.

Ces deux maisons voyaient arriver nos parents et leur nichée chaque année, à Pâques et aux grandes vacances. A travers mes yeux de fillette, je vois vaguement tes grands frères venant sortir mes sœurs aînées. Plus loin encore, je revois ta mère arrivant sur la plage suivie de la bande de ses garçons. Elle ne tricotait que « d'un œil », sans jamais les perdre de vue.

Comme tu es depuis toujours dans ma vie, je n'ai gardé aucun souvenir de notre première rencontre, sans doute sur la plage vers l'âge de deux ans.

L'image la plus lointaine et la plus précise que je conserve de toi est une image tendre et apaisante. Elle date de 1965 ou 1966, j'étais en classe de troisième au lycée. Je venais de me casser une jambe et je portais un plâtre. Au lieu de rester sagement allongée, je participais au jeu habituel de la petite bande de copains. Il consistait, chaque soir après dîner, à se promener d'une digue à l'autre sans se faire mouiller par les vagues. C'était déjà difficile lorsqu'on avait l'usage de ses deux jambes! Une vague très violente m'a prise de plein fouet, me laissant trempée de la tête aux pieds, et à moitié « sonnée ». Alors tu t'es précipité à mon secours, tu m'as ramenée à l'abri; et comme j'étais ruisselante, tu as retiré ton pull-over et tu me l'as posé sur les épaules.

Autre image marquante, un an ou deux plus tard, aux vacances de Pâques 1967. Tu m'avais invitée au cinéma de Paramé, le Celtic. Chaque fois que je passe boulevard de Rochebonne devant le Celtic, je revois encore des images du film que tu m'avais emmenée voir ce soir-là. C'était *Grand Prix*, un film sur les courses automobiles avec Yves Montand et Françoise Hardy. Sur le chemin du retour, nous avons parlé. A cette époque, dans notre bande, chacun avait déjà un petit copain ou une petite copine préféré, sauf toi et moi... Tu m'as fait une véritable déclaration, et avec le plus grand sérieux tu m'as dit qu'un jour tu m'épouserais. Mais nous avions seulement seize ans et bien le temps d'envisager un avenir aussi lointain. Je te l'ai dit, gentiment. Tu avais de la suite dans les idées : tu m'as épousée, exactement dix ans plus tard, le 28 mai 1977.

Ces deux images tendres appartiennent seulement à toi et à moi. J'en partage d'autres, lumineuses et gaies, avec les autres copains de la petite bande de Saint-Malo. Elle se reconstituait instantanément, comme si nous nous étions quittés la veille, le premier dimanche des vacances, à la sortie de la messe de onze heures.

Dans la petite église de Paramé, toujours très fleurie par les soins de ta grand-mère, la bande avait presque un emplacement réservé, sur le côté droit de la nef, près de la porte de côté par laquelle nous arrivions endimanchés et gantés, le missel à la main. La bande étant au complet, la messe commençait. Nous attendions, avec plus d'impatience que d'habitude, le *ite missa est* pour céder à la grande joie des retrouvailles, des confidences, des découvertes.

Tu étais là : nous étions donc sûrs de passer de bonnes vacances. Et tout de suite, nous commencions à programmer les distractions habituelles : les balades à vélo, la plage, l'espoir de quelques « boums sympas » avec la bénédiction des parents.

Les premières années, les balades à vélo tenaient plus de place que les boums. Grâce à l'abnégation et à l'exemple d'un aimable voisin de mes parents. Chaque dimanche, après la messe de huit heures, il voulait bien entraîner à sa suite ses enfants et ceux de ses amis. Sa gentillesse et le succès aidant, nous avons fini peu à peu par nous retrouver une trentaine, sagement rangés derrière lui, pédalant gaiement dans la campagne jusque vers une heure de l'après-midi. De temps en temps – quand les parents le permettaient – la balade durait jusqu'au soir.

Nous partions fous de joie, avec nos paniers à provisions sur le porte-bagages, très excités à la pensée que nous ferions à midi un repas sur la plage, assis par terre, avec des farces et des rires, partageant chips, sandwiches et boissons diverses. Autrement dit : le contraire des repas habituels. Nous rentrions le soir, ivres de fatigue et de bonheur. Les plaisirs les plus simples sont les plus vrais. Je m'en suis aperçue le jour où ce gentil voisin a trouvé qu'il y avait trop de voitures et trop de risques sur les routes, et a mis fin à la « grande sortie ». L'une de ces dernières randonnées, je l'ai effectuée sur une « triplette [1] » et tu observais avec intérêt les efforts de notre équipage : Hugues, propriétaire de ladite triplette à l'avant, ton frère Éric à l'arrière et moi au centre.

Il nous restait alors « la petite sortie », quotidienne

1. Tandem à trois places.

celle-là mais sans surprise : quelques minutes de bicyclette vers l'une des plages où chaque membre de la bande se rendait séparément. Mais aussi loin que je regarde dans ma petite enfance, je revois les fils Dieuleveult (Éric et Philippe) venant prendre au passage les filles Torquat (Diane et Hedwige). A cette époque, tu avais un visage tout rond et les cheveux très, très courts.

Certains jours, Philippe, ton assiduité et celle d'Éric nous agaçaient. Vous disposiez de nous : après tout nous étions bien assez grandes pour aller à la plage toutes seules! Sans bien nous en rendre compte, nous cherchions à nous faire désirer. Nous recommandions alors à nos parents : « Quand ils viendront, dites-leur que nous sommes déjà parties et que vous ne savez pas à quelle plage nous sommes allées. »

Des accès d'humeur pas très fréquents : au contraire, si Éric et toi restiez plus d'un jour ou deux sans vous manifester, alors Hedwige et moi venions vous relancer. Et il nous en coûtait beaucoup, pour des tas de raisons.

« La Barre » – la maison de ta grand-mère – se trouvait à quelques pas de la nôtre et pourtant elle nous semblait située très, très loin de nous. J'étais impressionnée, intimidée même par cette grande bâtisse toujours fermée et silencieuse qu'un haut mur gris et un portail blanc protégeaient contre le laisser-aller du monde extérieur. C'était le royaume mystérieux de deux femmes de caractère, qui nous inspiraient une crainte respectueuse : ta mère et ta grand-mère. Les deux personnes qui ont eu le plus d'influence dans la formation de ta personnalité.

Et dans un certain sens ta grand-mère, Andrée Thomé de Charaix, m'a marquée aussi. L'image la plus ancienne que j'ai conservée de ma petite enfance, c'est la sienne. Quand nous étions toutes jeunes, Hedwige et moi, nous étions fascinées par son personnage. Nous la regardions passer devant nos fenêtres, digne et droite, strictement vêtue de noir et toujours coiffée d'un chapeau. Ajoutait-elle à sa tenue invariable son chariot en osier et nous savions d'avance qu'elle se rendait chez tel ou tel fournisseur. Avait-elle, au contraire, des fleurs dans les bras : elle allait faire ses dévotions à l'église. Chargée de sa décoration, elle n'épargnait ni sa peine, ni les plus beaux produits de son jardin.

La régularité de ses habitudes nous ravissait. Ses apparitions avaient lieu chaque jour à la même heure, à une minute près. Nous les guettions quand le moment en approchait, trépignant d'excitation devant la fenêtre : « La tante Thomé va passer! la tante Thomé qui passe! la tante Thomé... » Elle n'a jamais déçu nos prévisions.

Beaucoup plus tard, après notre mariage, j'ai véritablement découvert celle que tu appelais avec tendresse la « petite grand-mère », quand tu ne manquais jamais d'aller la voir dans sa maison de retraite, à chacun de tes passages à Saint-Malo. J'ai découvert quels trésors de gentillesse se dissimulaient sous ce maintien digne et distant.

Mais à l'époque où j'allais timidement sonner à la Barre, je l'ignorais; et ce n'était pas la « petite grand-mère » mais l'impressionnante dame en noir qui ouvrait presque toujours la porte. Et puis, pour ne rien arranger, il y avait tes frères. Quatrième et cinquième d'une famille de sept enfants dont six filles, Hedwige et moi n'étions pas habituées au comportement protecteur et moqueur des grands frères. Nous redoutions, de la part des tiens, des plaisanteries du genre : « Voilà maintenant que les filles viennent relancer nos petits frères. »

Nous savions aussi que ta mère et ta grand-mère étaient – plus encore que chez les Torquat – strictes sur le respect des convenances et des horaires. Avant de sonner à la Barre, on s'assurait qu'il était plus de quatorze heures. Après quoi on affrontait les vrais problèmes. « Quand on nous ouvrira, faudra-t-il rentrer les bicyclettes dans la cour? – Ça vaudrait mieux, mais on risque de déranger. – Oui, mais si on nous invite à le faire? – Il faut refuser, sauf si on insiste. – Bon, alors dépêche-toi, sonne! – Pourquoi moi? – Parce que j'ai sonné la dernière fois. – Je sonne, mais alors, c'est toi qui parles... »

Le portail une fois ouvert, on entrait dans une cour au sol couvert de gravier, la maison s'élevait sur la droite, perpendiculaire à la rue. Au fond de la cour, un pavillon de gardien, avec une pièce en haut et une en bas. Il y avait encore un grand jardin auquel on n'avait pas accès. De loin, on apercevait souvent ta grand-mère, penchée sur ses fleurs.

Je me souviens du jour où, Éric et toi, vous êtes passés prendre les sœurs Torquat, fiers comme des princes. Pour la première fois, vous montiez chacun un vélo neuf, offert par vos parents. Vous rouliez des mécaniques, c'est le cas de le dire! Vous évitiez tout ce qui aurait pu ternir l'éclat de vos précieuses bicyclettes. Si par malheur cela se produisait, vite, vous preniez le petit chiffon toujours attaché au cadre et vous répariez les dégâts comme ces chattes qui lèchent leurs petits aussitôt qu'on les a touchés. Chaque soir, en fin de journée, vous procédiez à un nettoyage complet des bicyclettes. A vrai dire, tu faisais cela pour imiter ton frère Éric, particulièrement soigneux de ses affaires et de sa personne. Au bout de quelques semaines, tu t'en es lassé. Et lorsqu'on voyait vos deux bicyclettes côte à côte, on reconnaissait sans peine la tienne.

La bicyclette, dans notre univers enfantin des années soixante, avait le pouvoir magique du tapis volant. Elle nous permettait de franchir le cercle de famille, de nous soustraire au regard des parents pendant une journée entière – la balade du dimanche. Et, certains après-midi pluvieux ou gris, nos bicyclettes nous conduisaient... au « paradis terrestre ».

Ce paradis-là – le vrai ne pouvait pas être plus sympathique – se trouvait à « la Vigne », à quelques minutes de vélo de Saint-Malo. La Vigne est une ancienne ferme aménagée près d'un grand parc où s'élèvent les ruines d'une grande maison brûlée pendant la guerre. Ce parc ouvert à nos jeux et les ruines propices aux rêves constituaient déjà un attrait suffisant. Mais s'y ajoutait la gentillesse des très accueillants maîtres des lieux, les Bitterlin, parents de trois amis de la bande : Françoise, Martine et Georges.

Le temps gris, pluvieux ou froid nous privait-il de la plage? Aussitôt on téléphonait aux Bitterlin pour s'inviter à « goûter » chez eux. C'était une simple formalité : jamais les Bitterlin n'ont refusé; ils paraissaient ravis de voir une douzaine d'enfants envahir leur domaine. On pouvait librement « s'éclater » partout, dans les ruines mystérieuses et dans le grand salon sur lequel régnait une fée déguisée en grand-mère tout sourire. On la trouvait invariablement assise sur un canapé près de la fenêtre, en train de fumer des Craven A.

Cette attitude décontractée, si différente de la dignité distante de la « petite grand-mère », nous avait fait surnommer cette bonne fée : Mickey. Elle ne l'a jamais su. Nous adorions Mickey, et il y avait de quoi. On trouvait toujours auprès d'elle une corbeille de friandises dont elle distribuait avec générosité le contenu inépuisable : des rochers à la noix de coco et des « palmiers » croustillants. Les palmiers de Mickey, voilà la petite madeleine de mon enfance à moi!

Et puis cette adorable grand-mère offrait à boire à volonté du Pschitt orange ou du Pschitt citron. Quel luxe! Chez les Torquat, comme chez les Dieuleveult, les enfants avaient seulement droit à du sirop allongé d'eau.

L'ambiance sympathique des réunions chez les Bitterlin t'a donné des idées et des envies. Vers quatorze et quinze ans, Éric et toi avez obtenu de la « petite grand-mère » la disposition de la maisonnette de gardien inoccupée, au fond de la cour. De la pièce du bas, vous aviez fait une salle de jeux, avec une grande table de ping-pong. Dans la pièce du haut, je revois des coussins sur le sol et, aux murs, des boules et des filets de pêcheur.

Je me souviens de l'inauguration fixée à la fin d'un après-midi. Dès quatorze heures, nous confectionnions des montagnes de canapés. A peine avions-nous fini, il était l'heure de les manger, ce qui a pris beaucoup moins de temps!

Dans cette pièce du haut, souvent nous avons joué – ou plutôt essayé de jouer – aux cartes. Pour singer nos parents, nous pratiquions le bridge, mais c'était trop te demander que de poursuivre une partie, immobile et silencieux jusqu'au bout. Très vite, tu faisais dégénérer les parties de bridge en farces ou en grands fous rires.

Très tôt, tu as été le boute-en-train de la bande. Ta présence était appréciée, attendue même, dans chacune de nos réunions. On savait que, toi présent, on ne s'ennuierait pas, tu mettais de l'ambiance. Tu avais toujours une histoire drôle à raconter, le récit d'un incident amusant dont tu avais été l'acteur ou le témoin, des idées de jeux, des farces ou des chansons...

L'un de nos copains possédait un bar avec un piano mécanique. Cela t'avait donné l'idée de composer des chansons. Il y en a deux dont j'ai gardé un vague souvenir. L'une, moqueuse, s'adressait à un autre Philippe; l'autre, gentille, m'était consacrée. Elle commençait par « Diane, Diane, Diane... » Qu'as-tu fait des paroles de cette chanson, toi qui conservais minutieusement tout?

Tu chantais aussi, très bien ma foi, les œuvres des autres. Je t'entends encore nous chanter du Françoise Hardy ou du Hugues Aufray, en t'accompagnant toi-même à la guitare.

C'est dans l'une des toutes premières boums organisées à Saint-Malo que tu m'as appris à danser. Tu avais du mérite, et moi aussi, car c'était justement l'époque où j'avais la jambe cassée et plâtrée. Au début, je me suis limitée à des danses douces. Et puis le plaisir d'évoluer dans tes bras m'a fait me risquer à des rythmes plus violents. Le résultat, tu t'en souviens? mon plâtre s'est défait, et je n'étais pas très fière de moi quand il m'a fallu expliquer au médecin comment cela s'était produit.

Depuis cette première boum, et dans toutes celles qui ont suivi, j'étais la première fille que tu invitais à danser quand on ouvrait le bal. Une véritable tradition, très flatteuse pour moi, car tu avais la réputation d'un très bon danseur. Et chacune des filles aurait bien voulu ne danser qu'avec toi (moi aussi d'ailleurs!).

Les « boums », c'était exceptionnel. Les autres soirs, nous avions droit, pas souvent, à une séance de cinéma; et le reste du temps à la promenade inlassablement répétée de la digue. Et encore cette sortie-là n'était-elle pas librement accordée à chacun d'entre nous.

Par exemple, notre amie Florence, dont le père était un homme sévère qui ne lui permettait de sortir le soir que deux ou trois fois par semaine, et jamais deux soirs de suite. Florence habitait un appartement situé au ras des remparts. Chaque soir, avant de sonner à la porte du bas, nous nous assurions de nos chances d'arracher Florence à la vigilance paternelle. Nous montions sur les remparts et tu jetais quelques petits cailloux sur la fenêtre de sa chambre. Elle l'entrouvrait, avec un air le plus souvent catastrophé : « Vous n'y pensez pas : je suis sortie hier! Demain peut-être, après-demain sûrement. » Et nous repartions sur la digue sans elle.

Dans la journée, Florence pouvait librement recevoir ses amis à condition que nous restions dans sa chambre et ne fassions pas de bruit. Malgré cela, nous saisissions toutes les occasions d'aller lui rendre visite, à cause de l'ambiance exotique de la maison. Tous les étés, la mère de Florence recevait de jeunes étrangères, scandinaves, anglaises, allemandes, venues perfectionner leur français.

Ces jeunes filles indépendantes et dynamiques, et que ne retenaient ni les frontières ni leurs familles, représentaient, pour nous qui n'avions jamais quitté la France ni nos parents, le comble de la liberté et de l'aventure. A travers les descriptions de leurs pays et de leurs modes de vie, nous avions l'impression de jouir d'une liberté par procuration, et toi, tu imaginais les voyages dont tu n'avais pas encore les moyens. Bien entendu, tu avais l'art de faire parler ces étrangères et de provoquer ainsi notre émerveillement. Ces filles étaient de plus très sympathiques. Je me souviens de l'une d'elles, Dorothée, une Allemande qui t'inspirait beaucoup plus que de la curiosité. C'était à une époque où tu n'avais pas encore programmé notre mariage!

Je m'aperçois que Florence et moi sommes les deux seules filles de la bande à avoir épousé le petit copain d'à côté. Tous les autres sont allés chercher leur mari ou leur femme loin de Saint-Malo et loin de leur enfance.

Au sein de la bande, pour te marier, tu n'avais que l'embarras du choix. Tu étais sympathique à tout le monde, même aux parents les plus sévères. Tu étais le plus endiablé et pourtant tu les tenais tous sous ton charme. Pourquoi? Parce que tu étais « bien élevé et poli »? Nous l'étions tous! Dans nos familles fidèles aux traditions, on nous inculquait, dès l'âge de six ou sept ans, la politesse et les règles du savoir-vivre. Il ne nous serait jamais venu à l'idée de manquer de respect aux parents de nos amis, et à nos propres parents.

Mais voilà, à cette courtoisie que nous observions tous, tu ajoutais un charme qui t'était propre, le don du contact. Tu avais l'art de dire le mot qu'il fallait et de pratiquer ces mille petits riens qui forcent la sympathie. C'est toi que nos parents appréciaient le plus, et tous les parents qui avaient des filles étaient ravis de te voir arriver chez eux. Mais seraient-ils allés jusqu'à te donner ces filles en mariage?

Tous disaient en parlant de toi, sur un ton admiratif : « Oh! Philippe, lui, il se débrouillera! » Mais « se débrouiller » signifiait aussi, dans leur subconscient, « ... il se tirera toujours des difficultés, les normales et celles dans lesquelles il se sera mis en ne faisant rien comme tout le monde! ». On te voyait comme un aventurier sans le sou, capable d'aller très loin avec un sac à dos, et un aventurier sans famille. Tu disais d'ailleurs : « Je ne me marierai pas ou sinon très tard. La famille est une entrave à la vie d'aventure. »

Si la sympathie que nos parents te vouaient s'accompagnait d'une nuance d'inquiétude, c'est bien parce que tu t'évadais des normes.

D'aussi loin que je m'en souvienne, dès l'âge de treize ou quatorze ans, tu cultivais un sens du contact humain et un souci de la différence : de ta différence.

C'est vrai, tu ne faisais rien comme les autres. Tu aimais te baigner à Pâques, quand personne ne s'y risquait. Et tu éprouvais sans cesse le besoin de te dépasser. Récemment encore, tu t'es baigné à Saint-Malo le jour de Noël 1985, le dernier avant ton départ pour le Zaïre. C'était ton côté grand gamin prolongé...

Tu cherchais toujours un moyen de te faire remarquer. Pas pour épater les autres, pour te distinguer d'eux, pour affirmer ta personnalité. Et tu y parvenais très bien. On ne se posait jamais la question de savoir si tu avais participé ou non, quelque temps plus tôt, à telle réunion, ou excursion. Il y avait toujours un gag, une anecdote, une blague qui ne laissaient aucun doute sur ta présence ce jour-là.

Ton art d'occuper toujours le devant de la scène relevait presque de la comédie. Pensais-tu déjà à faire une carrière au cinéma, à t'inscrire au cours René Simon? Nous prenais-tu pour cobayes, pour tester tes talents de comédien? Ou cédais-tu au simple plaisir de te donner en spectacle? Tu saisissais tous les prétextes – au besoin tu t'en passais – pour te déguiser et composer des personnages. Je me souviens de deux ou trois de tes interprétations particulièrement réussies.

Un après-midi, sur la plage, allongés dans un demi-sommeil, nous pensions rêver quand soudain a surgi au milieu de nous un bagnard! Un forçat comme on en voit dans les films d'aventure : rayé de la tête aux pieds, du bonnet au pantalon... C'était toi! Ce jour-là, quel succès tu as récolté en traversant Saint-Malo jusqu'à la plage! Il ne manquait que les applaudissements!

Une autre fois, tu as fait une arrivée triomphale en pêcheur breton du début du siècle. Comme dans *Pêcheur d'Islande* : chapeau à larges bords, ciré jaune, grandes bottes. Avec, en plus, une épuisette comme dans *Bécassine aux bains de mer*!

Tout à fait ravi par le succès de ces numéros comiques d'acteur de second plan et décidé à en faire toujours plus, tu as voulu tenter un grand rôle. Mais tu n'as pas pu résister au plaisir de t'en vanter à l'avance. Ta vanité t'a perdu. Cette fois, à défaut d'applaudissements, il y aurait des photographes. Tel jour, à telle heure, nous étions invités à nous poster en des endroits caractéristiques de Saint-Malo pour te photographier déambulant en armateur du siècle dernier. Uniforme, casquette, longue-vue de cuivre à la main et, à la bouche, une pipe en bois des îles (allumée peut-être...).

Hélas, à l'heure dite, pas de Philippe, le rideau de la gloire a oublié de se lever sur ton talent. Ce sont tes frères aînés qui l'ont tenu énergiquement baissé et nous ont privés du spectacle (imprudemment) annoncé. Tes déguisements provenaient d'emprunts clandestins aux armoires de ta grand-mère. Elles contenaient, sous forme de vêtements et d'objets, toute l'histoire de la marine française vécue à travers la lignée des Thomé de Charaix, armateurs, capitaines et corsaires. Tes frères, plus mûrs et plus respectueux des traditions, ont jugé dangereux – pour tout dire : peu convenable – de faire rire la galerie avec des objets fragiles et précieux qui représentaient la mémoire de la famille.

Privés de ces gags exceptionnels et spectaculaires, il nous restait tes farces quotidiennes. Elles prenaient souvent pour cible les copains de la petite bande. Des farces anodines par rapport aux déguisements, mais cependant marquées par ta personnalité, et très différentes des bons tours qu'on se joue entre amis.

Je pense, par exemple, à tes gags photographiques; les plus perfides, car c'étaient des farces à retardement. Quand nous les découvrions, le coupable était à l'abri de nos réactions. Standing oblige, nous possédions tous un appareil photographique et nous le traînions ostensiblement partout avec nous. A cela près que nous n'avions pas d'argent, ou peu, pour le charger de pellicule. Nous étions donc économes, et même avares de nos prises de vues.

Au cours des sorties, tu trouvais toujours un prétexte assez convaincant pour endormir notre méfiance et t'écarter du groupe. Profitant alors de notre inattention, tu te précipitais sur un appareil et tu prenais un cliché clandestin : si possible, son propriétaire dans une attitude ridicule; ou sinon l'objet le plus inintéressant qui soit. Tu revenais vers nous imperturbable et perfide. Une ou deux semaines plus tard, en sortant de chez le photographe local, ta victime découvrait entre un splendide paysage et un coucher de soleil sur la mer : une bouteille, une chaise, une roue de bicyclette... Mais jamais tu n'as cherché à gâcher, par une surimpression ou un voilage, ce paysage ou ce coucher de soleil amoureusement composés.

Photographiques ou pas photographiques, tes farces n'étaient pas méchantes, leurs victimes étaient les premières à rire. On les considérait un peu comme ton salaire de baladin. On ne songeait pas à te les reprocher et on ne songeait pas non plus à t'en faire, selon le principe : chacun son tour.

Je me souviens d'un seul cas où le grand farceur a trouvé plus farceur que lui. Mais c'était loin de Saint-Malo, un peu avant notre mariage, au cours de l'un des stages d'instruction parachutiste que tu dirigeais pour la Préparation militaire supérieure. Tes camarades officiers, lassés d'être tes victimes, se sont livrés à une vengeance collective, spectaculaire... et publique.

Ils se sont emparés de ta vieille 2 CV et l'ont couchée sur un côté, à un endroit où tu devais déboucher en revenant d'exercice avec tes stagiaires. C'est donc à la tête de la section marchant impeccablement au pas (« balancez les bras, relevez la tête ») que tu as découvert le spectacle. Ce jour-là, il y a eu des rires dans les rangs. Très joyeusement, les petits soldats ont aidé la voiture de leur lieutenant à retrouver sa dignité! Ah! si les copains de Saint-Malo avaient pu être là!

Ils auraient ri encore plus fort s'ils avaient pu être témoins du tour que t'ont joué certaines de tes victimes, pendant ton service militaire. Un jour, tu venais de sauter en parachute. Avec quatre autres soldats vous regagniez la caserne en voiture pour assister au rapport. C'était l'été, sous ta combinaison de saut tu portais seulement un slip. Un peu avant d'entrer à la caserne, tes camarades se sont jetés sur toi, t'ont dépouillé de ta combinaison et du slip, ils t'ont laissé tes bottes, merci. Et ils t'ont lâché entièrement nu dans la cour de la caserne, où les sections étaient déjà rassemblées, au garde-à-vous.

Le coup étant prémédité, des photographies ont été prises. On t'y voyait nu et de dos, devant des rangées de militaires au garde-à-vous. Cette photographie a disparu un soir où tu la faisais circuler avec d'autres clichés, à l'occasion d'une Saint-Michel, fête des parachutistes. Peut-être son détenteur actuel me la renverra-t-il?

A Saint-Malo, tu avais trouvé une nouvelle façon de

te distinguer des autres : ça consistait à prendre et à conserver une longueur d'avance sur eux. Un été, alors que nous en étions encore à nous déplacer à bicyclette, tu as fait irruption avec une mobylette bleue : ce cadavre dont tu as décrit la résurrection dans ton livre [1]. Grâce au bruit, tes entrées passaient encore moins inaperçues. Et tu nous laissais loin derrière dans les balades. Tu pouvais aller plus loin et plus vite : ça renforçait ton prestige.

Quand nous avons eu droit au Vélosolex, tu étais déjà passé à la moto. Je revois ou plutôt j'entends cette grosse Jawa 350 qui faisait un bruit impossible. Elle t'avait coûté du sommeil, du temps passé à vendre des légumes à la criée sur le marché de Versailles, mais tu ne le regrettais pas. Oh! non! Ta moto, tout Saint-Malo la connaissait : c'était ta carte de visite sonore...

La possession de cette moto en 1970, à une époque où, comme beaucoup d'adolescents, tu cherchais à définir ta personnalité, a modifié ton comportement, ton allure, ta façon de t'habiller, tes projets. Avec ton ami Arnaud, fringués tous deux comme l'as de pique, vous vous donniez des airs de casseurs... Sans en avoir la chanson. Encore une façon de se distinguer de nous autres, si conformes à la norme.

La moto, et surtout le désir de t'en servir, t'amenait à prendre quelque distance. Personne n'était admis à chevaucher, derrière toi, ce monstre : ton père, averti des risques par son emploi dans les assurances, ne l'aurait pas permis. Et nos parents encore moins!

Ainsi tu nous échappais. Tout en restant un joyeux membre du groupe, tu t'affranchissais de nos règles ou habitudes. Par exemple, tu nous quittais parfois pour des balades solitaires, attitude impensable à l'époque où tu disposais seulement d'une bicyclette. Tu prétendais être obligé d'aller voir une amie sur une autre plage, mais on ne savait pas où.

1. *J'ai du ciel bleu dans mon passeport*, chap. 19, Grasset.

Avec un an ou deux de retard sur tes premiers accès d'indépendance, les garçons de la bande ont cherché eux aussi à s'affirmer. Un moyen facile de le faire consistait à fréquenter « le Cap » (un bateau aménagé en boîte à la mode). Ils n'y allaient pas très souvent; aussi nous faisaient-ils mesurer, chaque fois, l'importance de tels événements. Bien entendu, ils ne nous invitaient pas au « Cap » et nous n'avions jamais condescendu à le leur suggérer, ni à violer le domaine réservé des jeunes mâles désireux d'affirmer une précoce maturité.

Tu allais parfois au « Cap », pour suivre le mouvement, juste assez pour être dans le coup, et sans être tout à fait dupe. A vrai dire, dans ces années 70-71, tu ne t'intéressais pas encore trop aux filles (tu t'es rattrapé par la suite), tu avais beaucoup mieux à faire. Ta vraie passion, tes deux passions, c'étaient la photographie, dont tu pensais plus ou moins faire un métier d'appoint, et le sport : tu voulais préparer ton corps aux épreuves de l'aventure et du voyage.

Dans les dernières années de notre adolescence tranquille – pour toi trop tranquille – le voyage, avec ses espoirs d'aventures lointaines, occupait une part de plus en plus grande de tes conversations. Et aussi de ton temps : on ne te voyait plus qu'au mois d'août. En juillet, tu te livrais à des sauts de puce dans les pays voisins (valet de chambre en Angleterre), où tu te consacrais aux petits métiers (quand tu en as parlé, de façon plaisante, dans ton livre, tu en as oublié deux ou trois, assez drôles, sur lesquels je reviendrai).

Ton premier voyage, dont tu nous as fait un récit émerveillé, était modeste, mais il représentait un événement pour nous, habitués à nous déplacer en famille et toujours vers des destinations plus classiques.

Vous deviez alors avoir seize ans, toi et les deux ou trois garçons qui ont partagé ta première évasion. Il s'agissait d'aller à Saint-Malo, non plus par le train et avec les parents, mais de partir seuls et à bicyclette, depuis la région parisienne. Le prétexte étant la visite des plages du débarquement de juin 1944 en Normandie. C'est de là que vous avez regagné le cocon familial et Saint-Malo, après plusieurs nuits passées sous la tente, fatigués et ravis. Ravis par une liberté toute neuve dont l'usage entraînait une profusion d'anecdotes.

Le retour de ton second voyage, un an ou deux plus tard, était moins triomphal. Tu étais parti, seulement accompagné de Gérard (aujourd'hui médecin), pour les pays nordiques. Dans les imaginations adolescentes de l'époque, la Suède passait pour un paradis érotique. Vous en êtes revenus déçus, sans rien d'intéressant à raconter, nantis en tout et pour tout de quelques revues déshabillées dont vous parliez à mots couverts pour justifier votre refus de nous les montrer.

Heureusement, il y avait le Sahara, dont tu nous as parlé pendant plusieurs étés de suite avant d'y partir enfin. Ce voyage qui accaparait toute ton énergie, tous tes rêves, et que nous prenions tous au sérieux, faisait penser, par la minutie de sa préparation, à une des expéditions racontées par Jules Verne.

Moi, je voyais surtout que ce voyage t'éloignait un peu plus de nous et de notre adolescence commune. Tu le préparais avec deux amis de Viroflay, les frères Laurenceau. Deux inconnus qui devenaient légendaires tellement tu nous parlais de ce que tu faisais ou rêvais de faire avec eux.

Je faisais peu à peu une découverte : ce cercle amical et ensoleillé de plages, de goûters à la Vigne, de promenades sur la digue ou les remparts, avait cessé d'être pour toi le centre du monde. Du moins, je l'ai cru.

Je me trompais. Rien de tout ce qui a pu t'arriver par la suite, la réussite, les voyages, la popularité, ne t'a fait oublier Saint-Malo et la petite bande. Tu l'as souvent prouvé et, à deux reprises, de façon solennelle.

Un peu après le mariage de ton ami François

Laurenceau, tu as été pris d'un accès de nostalgie envers les amis que ta nouvelle orientation t'avait fait perdre de vue. Et sur-le-champ, tu as décidé d'organiser – selon tes termes – une « journée d'anciens combattants ». Tu as envoyé à tous les membres de notre ancien groupe une circulaire pour les inviter à se retrouver tous à Saint-Malo pour la Toussaint. Et tu les convoquais naturellement à la Vigne, chez les Bitterlin. Tout le monde est venu. Journée merveilleuse !...

Enfin, lors de ton dernier séjour à Saint-Malo, en juillet 1985, peu avant de repartir pour le Zaïre, tu as réuni une grande partie de la petite bande pour un dernier dîner, très sympathique. C'était un dîner d'adieux, mais aucun d'entre nous ne le savait.

A la vérité, au moment où je craignais de voir notre petit monde enchanté d'adolescents s'écrouler, tu vivais dans deux univers parallèles. Saint-Malo, c'était la base arrière, le monde du jeu et de la joie, le refuge amical où tu venais refaire tes forces, et où tu régnais sous le nom de Bronson. A cause de ta ressemblance avec Charles, de ton comportement de star, de tes talents de comédien.

Viroflay, c'était la base avant, le tremplin pour la conquête de l'Afrique, le quai de départ vers l'aventure et le succès, le monde du travail et de l'angoisse. Là-bas, des gens que je ne connaissais pas, et qui détenaient une part de ton avenir, t'appelaient Tchang.

Mais voilà, je connaissais bien Bronson, je ne savais rien ou presque de Tchang. Ça m'agaçait et ça m'intriguait.

Il fallut du temps et des ruses pour pénétrer dans l'univers de Viroflay et y rencontrer Tchang.

3

Du côté de Viroflay

Les journalistes, les admirateurs, les lecteurs t'ont souvent demandé : vous avez visité plus de quatre-vingts pays, lequel préférez-vous?

La question t'embarrassait, t'agaçait presque. Chacun de ces pays t'intéressait pour des motifs différents et pour toi, ils se valaient tous. Quand on insistait pour te faire préciser un choix, tu finissais par dire : les pays où les déserts permettent d'aller librement droit devant soi, le Sahara ou le Gran Chaco.

Personne n'a jamais songé à te demander : de toutes les villes que vous connaissez dans le monde, dans laquelle préféreriez-vous habiter? Tu aurais répondu sans hésiter : *Viroflay*.

Tu as habité Viroflay pendant trente ans, sauf une interruption de quelques mois au début de notre mariage. C'est le havre de grâce où tu venais jeter l'ancre, et où tu avais rendez-vous avec toi-même, entre deux longues randonnées. Là était ta niche, ton refuge : toujours prêt à en partir, toujours sûr d'y revenir.

C'est là, et nulle part ailleurs, que tu as installé ta maison quand, pour la première fois de ta vie, tu as pu en acheter une.

Pour toi, le globe-trotter, cette petite ville paisible, près de Versailles, avait plus de charme que New York, Londres, Lima, Samarcande, Cuzco et Hong Kong réunis. Viroflay était le centre du monde, le centre de ton monde.

Venant de Versailles, ta ville natale, tu es arrivé à Viroflay à l'âge de quatre ans, vers 1955. Tes parents se sont installés rue Jean-Mermoz, dans un pavillon où tu as habité jusqu'à notre mariage, en 1977.

Un an ou deux après l'installation des Dieuleveult rue Jean-Mermoz, le pavillon jumeau et mitoyen du vôtre a changé d'occupants. Ta mère vous a annoncé l'arrivée des nouveaux voisins : les Lorenzo, des Corses, venus on ne sait pas très bien d'où et qu'il convenait de traiter d'abord avec circonspection.

Ces faux Corses – les Laurenceau – sont devenus pour toi presque une seconde famille. Tu considérais un de leurs fils, François, comme ton huitième frère.

Aujourd'hui médecin, spécialiste des maladies tropicales, il est le dernier à t'avoir vu en vie, le 6 août 1985.

François était ton plus grand copain, le complice n° 1 de tes quatre cents coups. Il ne se contentait pas de partager tes rêves, il t'aidait à les accomplir. Parmi des tas de qualités, il avait le génie du bricolage et de la mécanique. Il a ranimé des tas de véhicules réputés défunts et promis à la dissection, c'est-à-dire à la casse. A partir de trois fois rien, il réalisait des interphones, des ventilateurs, équipait un laboratoire photographique ou composait des explosifs. Aujourd'hui encore, j'ai recours à lui comme à un guérisseur, quand la chaudière ne va pas bien.

Vos premiers rapports ont eu lieu sous forme de rafales de pistolets à eau par-dessus la barrière séparant vos jardins. Ils se sont poursuivis par des parties de billes sur le trottoir, par des fous rires et farces dans la cour de récréation de l'école communale où vous ne suiviez pas les mêmes cours. Au lycée de Versailles, vous vous êtes retrouvés dans les mêmes classes. Assis près de François sur le même banc, son sérieux et son application partagés avec toi te permettaient de ne pas trop faire mauvaise figure dans les domaines autres que la gymnastique, la seule matière pour laquelle tu obtenais prix sur prix, certains remportés dans des concours régionaux où tu représentais le lycée.

Vos aller et retour en train vous assuraient la demi-heure quotidienne de franche rigolade indispensable, paraît-il, à votre équilibre nerveux. Ce besoin de rire et de faire rire te conduisait à commettre des gamineries mémorables.

François ne partageait pas tes camps scouts; mais il se souvient de l'acte d'éclatante indiscipline qui, venant après une longue série, a entraîné ton exclusion des Scouts de France.

Tout s'est joué pendant une de ces honnêtes kermesses paroissiales où le dévouement charitable, la courtoisie et la joie paisible sont de rigueur. L'une des attractions était un singe, prisonnier dans une cage. Tu lui as discrètement ouvert la porte, et ce que tu espérais s'est produit. L'animal, ivre de liberté et désireux de prendre du bon temps, a semé la panique dans toute la kermesse, ravagé les comptoirs et chahuté les dames patronnesses. Un scandale dont la famille Dieuleveult porte encore aujourd'hui les stigmates. Et elle n'aime pas les montrer.

Dans l'affaire des explosifs, par contre, François et son frère Alain ont joué le rôle des chimistes indispensables et efficaces. Mais tu as été leur pousse-au-crime. Et c'est toi qui as trouvé la recette de la poudre noire dans le manuel d'Instruction militaire de l'un de tes frères.

En toute candeur, vous avez choisi de faire exploser votre première bombe dans le jardin familial. Le résultat a dépassé vos espérances. Vous avez été surpris par la violence sonore. Tout le quartier aussi. Les habitants s'interrogeaient, effarés, de fenêtre à fenêtre, de porte à porte. Une voisine, connue pour son comportement loufoque, s'est précipitée vers la maison du crime, que la fumée désignait, munie d'un entonnoir et d'un tuyau d'arrosage : elle voulait vous interviewer pour la radio... Malgré sa réputation farfelue, elle avait été assez fine pour comprendre, d'instinct, d'où venait le coup...

C'était en somme ta première interview après ton premier exploit public.

Au moment de l'explosion ta mère s'apprêtait à faire une piqûre : à ta grand-mère. Elle en a été bouleversée. Inutile de raconter la suite.

L'ordre et la sécurité étaient définitivement rétablis dans les jardins Dieuleveult-Laurenceau. Mais la formule magique, ineffaçable, continuait ses ravages. Simplement, ils se produisaient dans les bois de Viroflay, la nuit, à l'heure où vos parents étaient paisiblement endormis.

Vous avez réussi à faire exploser à distance une maquette de bateau sur l'étang de Viroflay. Tout s'est gâté quand vous avez voulu vérifier la dynamique verticale d'une explosion à l'aide d'une vieille aile de voiture. Projetée en l'air, elle a fauché avec fracas toutes les branches d'un arbre, de bas en haut. Le garde-champêtre, alerté par les explosions des nuits précédentes, était à l'affût. Le fracas l'a guidé vers vous, ils vous a interpellés et, comme vous preniez la fuite sur vos deux roues, il vous a coursés avec sa mobylette. Mobylette contre mobylette, il ne s'est pas senti sûr de gagner. Alors il a jeté son dévolu sur toi, le seul à fuir à vélo.

Tu as compris qu'il fallait poursuivre le combat sur ton propre terrain. Tu as jeté ta bicyclette dans un fourré et tu t'es replié dans des ronces et des taillis où il a renoncé à te suivre. Force n'est pas restée à la loi.

Cette alerte a prématurément mis fin à vos essais : vous vous prépariez à expérimenter des explosifs en couleurs. Un feu d'artifice pirate dans le ciel de Viroflay, quel triomphe! Cette retraite humiliante dans les ronces et les fourrés justifiait ton désir de posséder, comme les autres, une mobylette. François – il se sentait déjà une vocation de garagiste – t'a aidé à remettre en état celle dont tu parles dans ton livre. Et avec laquelle tu faisais sensation à Saint-Malo.

Un peu plus tard, François a bricolé une grosse moto hors d'usage qu'on lui avait donnée. Et, montés à trois sur le monstre, vous le pilotiez tour à tour dans les bois.

Un an ou deux plus tôt, vers vos quinze ans, vous aviez des divertissements plus paisibles où l'imagination enfantine avait encore une large part.

C'était l'époque où vous profitiez de la nuit pour piloter, sans permis, de vieux avions Nord-Alpha à deux mille mètres d'altitude. Vous aviez appris l'existence, sur le terrain d'aviation de Saint-Cyr, d'un emplacement réservé aux appareils désaffectés et promis à la casse ou au dépeçage. Aussitôt tes parents endormis, tu guettais François et son frère Alain, et descendais de ta chambre par la fenêtre. Les autres étaient moins acrobates que toi; vous accrochiez des échelles de spéléologie sous leur balcon pour leur permettre de vous rejoindre.

La bande au complet, vous pénétriez sur le terrain d'aviation en rampant dans l'herbe comme pour une opération de commando. Vous vous empariez bravement et silencieusement d'un appareil. A tour de rôle, chacun prenait les commandes. Les autres s'installaient sur les ailes, ou s'accrochaient aux roues. Sans jamais dépasser l'altitude raisonnable de deux mille mètres, vous preniez des films et viviez des tas d'aventures... imaginaires : grâce à de vieux coucous privés de moteur...

C'était une façon très originale de rêver, même si elle ne vous rendait pas très frais, le lendemain, en cours de mathématiques. Je suis étonnée, aujourd'hui, qu'il ne te soit pas venu à l'idée de demander à François – il l'aurait fait volontiers – de réparer l'un de ces vieux coucous pour accomplir un vol véritable.

Toutes ces frasques, tous ces coups d'éclat, exprimaient un désir violent d'agir, de se dépasser, de s'affirmer, de se chercher. Et même s'ils bravaient l'autorité paternelle, ils ne constituaient pas une révolte, ni contre l'autorité paternelle, ni contre la société.

A une époque où la jeunesse contestait tout ce qui de près ou de loin représentait un soupçon d'autorité : parents, professeurs, patrons, armée, tu te plaçais résolument à contre-courant.

Même indiscipliné, tu restais plein de respect pour tes parents. Tu étais choqué par la façon dont certains de tes camarades parlaient de leurs parents ou s'adressaient à eux. D'une façon générale, tu n'admettais pas qu'on traite avec désinvolture des gens plus âgés que soi. Tu avais été scandalisé par une dispute dans la rue – l'un des protagonistes disant à l'autre : « Tu n'es qu'un vieux, tu ne seras plus jamais jeune. »

De même que tu ne partageais pas la révolte des jeunes de ton âge, tu n'éprouvais pas non plus leur besoin éperdu de se chercher d'autres modèles, de Che Guevara à telle vedette de la chanson, du cinéma ou du football.

Tu aimais le cinéma, sans être cinéphile. Tu voulais être acteur de cinéma à cause de l'action, de la rapidité des transformations, de la possibilité de vivre des quantités de situations différentes, de passer d'un personnage à l'autre. Ce que tu aimais dans le cinéma, c'était le mouvement et non pas le vedettariat, le strass et les paillettes. Tu n'admirais aucun acteur en particulier.

Dans ta période scout, tu chantais à la guitare des chansons d'Hugues Aufray pour leur évocation du voyage par des nuits étoilées. Tu aimais la moto, mais on aurait cherché en vain sur les murs de ta chambre des photos ou des affiches de motards, pas plus que des portraits de vedettes masculines ou féminines du spectacle. A leur place, on voyait accrochés des dessins exécutés par toi, et le banjo dont un ami t'avait fait cadeau.

Ta chambre, m'a dit François, ne ressemblait pas du tout à celle des garçons de ton âge. De plus elle était très bien rangée, et bien organisée; selon ton ordre à toi – qui n'était pas toujours celui de ta mère! Une place pour chaque chose, chaque chose à sa place, chacun à sa place, chacun à son travail. L'éducation Dieuleveult déjà portait ses fruits.

Les rares admirations que vous partagiez, François et toi, concernaient des hommes qui avaient changé d'air, agi dans le concret en luttant contre la nature ou l'adversité. Ils n'étaient pas nombreux : Paul-Émile Victor, Haroun Tazieff et surtout Henry de Monfreid... Par rapport aux deux précédents, Monfreid conciliait l'aventure au sein de la nature et l'aventure au sens romanesque du terme. Vainqueur des tempêtes de la mer Rouge à la barre de son voilier, trafiquant d'armes et de haschisch, colon et fermier en Éthiopie, chasseur de fauves pour les zoos au Kenya, toujours en guérilla contre l'Intelligence Service et le gouverneur de la Côte française des Somalis, Henry de Monfreid vous donnait l'exemple d'une vie intensément et hardiment vécue.

A l'occasion du premier Forum de l'aventure, à la porte Maillot, vous étiez allés le regarder, à distance respectueuse, en train de dédicacer ses livres. Vous observiez, admiratifs, ce vieillard très sec, très vert, et plein d'une flamme qui faisait oublier ses quatre-vingt-cinq ans.

Il se serait sûrement prêté à une conversation à la faveur d'une dédicace. Hélas, vous n'aviez pas un franc pour acheter des livres. Cela ne vous venait pas à l'esprit. Les livres étaient faits pour être lus en bibliothèque. L'argent que vous récoltiez, sou par sou, allait à des achats de matériel ou à des économies pour vos futurs voyages.

Les œuvres de Monfreid – *les Secrets de la mer Rouge, la Croisière du haschisch* [1] – vous les avez donc

1. Parus aux éditions Grasset.

lues en bibliothèque, tout comme celles de Paul-Émile Victor, Haroun Tazieff ou Frison-Roche.

Vous lisiez peu de livres, surtout des bandes dessinées, les hebdomadaires *Tintin* et *Spirou*. Vous vous passionniez pour les *Histoires de l'oncle Paul*, ou pour les aventures de Tintin. Chez le héros de Hergé, tu admirais sa loyauté et son goût du risque, mais surtout son pouvoir de voyager, son pouvoir de se sentir à l'aise au Congo comme au Tibet.

Dans *Tintin au Tibet*, et dans *le Lotus bleu* apparaissait un jeune Chinois nommé Tchang. Les copains de Viroflay, à treize ans, te trouvaient un regard asiatique, un visage et une coupe de cheveux semblables à ceux du jeune ami de Tintin. Ton côté aventureux à la Tintin faisant le reste, ils t'ont surnommé Tchang. Je l'ai appris assez tard : l'univers de Tchang et l'univers de Bronson – ton surnom de Saint-Malo – ne communiquaient pas.

On aurait bien étonné les copains de Viroflay en leur disant qu'un jour Tchang deviendrait Tintin lui-même pour le public de la télévision. Mais ils s'attendaient à te voir devenir « quelqu'un », un jour ou l'autre. Dès le début de leur adolescence, tu leur en as imposé par ta différence. A une époque où la personnalité est indécise, tu étais très déterminé, sachant ce que tu voulais en toutes choses, exécutant ce que tu avais décidé, sans te laisser influencer.

Les amis de Viroflay étaient tous impressionnés par ton esprit d'indépendance et ta faculté de décider très vite n'importe quoi, l'action suivant aussitôt la décision. Un jour (l'année du baccalauréat) tu as trouvé François et un de ses amis se préparant à partir dans le quart d'heure aux sports d'hiver. Tu n'y étais jamais allé : ils pouvaient te faire bénéficier du transport (en voiture) et de l'hébergement.

Tu n'as pas laissé échappé l'occasion de découvrir quelque chose de nouveau. Tu leur as demandé de bien vouloir t'emmener. Et sur leur acceptation, tu es parti chez toi, juste à côté, le temps de remplir un sac et de laisser un mot rassurant pour tes parents dans la boîte à lettres.

Ton premier acte d'indépendance... Il t'a coûté l'exclusion du lycée, pour absence injustifiée. Alors, tu as préparé le baccalauréat par tes propres moyens, chez toi, et tu l'as raté. Tu as recommencé à préparer cet examen, tout seul, l'année suivante; et cette fois, tu l'as obtenu. Pourtant ce diplôme ne t'intéressait pas. Tu étais persuadé qu'il ne te servirait pas dans la réalisation de tes objectifs. Mais tu voulais prouver à toi-même et aux autres qu'on peut réussir au baccalauréat sans subir la discipline du lycée.

Quant à ton refus de faire ce que tu n'avais pas décidé, la bande de Viroflay en a été aussi témoin. Tu leur en imposais à tous par tes prouesses physiques et tes triomphes dans les concours de gymnastique. Seul un copain nommé Vanaquaire pouvait, un tout petit peu, rivaliser avec toi. Un jour, à la vue d'un très haut mur, une discussion s'est engagée : était-il possible de sauter de là-haut ou non? Bravement, Vanaquaire a déclaré qu'il tenterait l'épreuve. Parvenu sur le mur, il était plus hésitant. En bas, les copains hurlaient : « Saute, Van! Saute! Van! » Il s'est cru obligé de sauter, et a réussi son atterrissage. Invité à imiter Vanaquaire, tu as opposé un refus hautain. Un exploit pour se dépasser soi-même, d'accord; mais sur commande, et pour épater la galerie, jamais. Tu n'aimais pas jouer les casse-cou, ni les « Monsieur muscle ».

L'heure de la maturité arrivait. Finis les quatre cents coups nocturnes. La nuit vous dormiez comme tout le monde. La construction clandestine d'un atelier souterrain pour motos interdites vous apparaissait déjà un enfantillage. Et vous songiez à des voyages plus intéressants que ceux accomplis aux commandes d'un avion retraité et privé de moteur. Désormais, vous aspiriez à vous lancer dans des entreprises plus mûries et plus estimables, à prendre des risques moins ridicules qu'en dynamitant des maquettes de bateau ou d'ailes d'automobile.

En pleine époque contestataire, votre façon à François et à toi de vous opposer à vos parents consistait à faire quelque chose qu'ils n'auraient jamais tenté, à choisir une autre vie que la leur, pour connaître une existence moins monotone.

Ton propre choix était déjà fait : voyager, te faire connaître, réussir par toi-même en agissant d'une façon différente des autres. Sur la plupart de ces points, l'amitié et la complicité de François t'étaient indispensables.

Vous avez, tous les deux, passé d'innombrables soirées à étudier un projet de voyage hors des normes et cependant à votre portée, même au prix de grands efforts. Il n'était pas question, au moins dans un premier temps, de partir sur la banquise à la suite de Paul-Émile Victor, ou de bourlinguer sur la mer Rouge dans le sillage d'Henry de Monfreid. Le plus difficile et le plus long serait de définir, de façon minutieuse, les moyens pour parvenir au but : de les chiffrer, de déterminer le délai pour réunir l'argent nécessaire.

Quant au choix du continent qui allait vous permettre de vous accomplir et de faire parler de vous, il était dû à l'influence involontaire d'Yves, l'aîné de tes frères. A Saint-Malo, dans notre enfance, nous l'appelions « l'Africain ».

Dans nos familles et sur la plage, on parlait beaucoup de lui, on ne le voyait jamais. C'était déjà un personnage mystérieux pour nous, et tu le transformais en personnage de légende.

A chacun de ses retours, Yves t'apparaissait en grande pompe, dans l'univers magique de l'aéroport où toute la famille allait l'attendre. Le lendemain matin, quand tu ouvrais les volets de ta chambre, Yves l'enchanteur avait transformé le jardin familial en pays des merveilles. Séchant au soleil, des peaux de zèbre voisinaient avec des peaux d'hippopotame ou de boa, des boucliers et des tam-tams.

Yves de Dieuleveult, au service de la Société des Grands Moulins de Paris, travaillait alors au Tchad et au Cameroun dans des plantations de canne à sucre. A son insu, avec ses peaux de bêtes et ses cannes à sucre, il a imprimé en toi une image magique de l'Afrique, complétée par celle de *Tintin au Congo*.

C'est à la recherche de cette image, de ce jardin des merveilles éclos par intermittence à Viroflay que, le 3 novembre 1968, François et toi avez pris la décision de partir le plus tôt possible.

Vous aviez dix-sept ans. Pour concrétiser votre décision, vous avez fabriqué une tirelire en bois, entourée d'une pelote de caoutchouc qui empêchait de l'ouvrir. Une fente permettait d'y glisser l'argent que vous comptiez recueillir grâce aux petits métiers et autres travaux. Sur ce coffre-fort, une inscription indiquait votre objectif, l'année fixée pour l'accomplir : SAHARA 1971.

C'était la voie la plus longue, la plus risquée, la plus excitante pour pénétrer en Afrique. Bien d'autres motivations vous avaient poussés à ce choix. La lecture du livre de Roger Frison-Roche : *la Montagne aux écritures*. Vous rêviez sur ce monde minéral étrange, sans terre, sans végétation, sans pluie, où soufflait le vent de sable. Vous aviez été marqués aussi par votre visite au Forum de l'aventure : la grande attraction, après Henry de Monfreid, était représentée par le stand des archéologues italiens. Il était occupé par une immense carte, avec une croix qui indiquait l'emplacement d'un cimetière de dinosaures fossiles, en plein milieu du Sahara. Pour être sûrs de ne pas le manquer, vous vous êtes procuré un sextant et les relevés astronomiques précis.

Un de vos voisins, ornithologue ayant vécu en Afrique, vous a donné quelques conseils pratiques. Vous avez lu, en bibliothèque, toute la documentation possible. En particulier, le récit des deux missions Citroën : *la Première Traversée du Sahara en automobile* et *la Croisière noire*.

Le délai de trois ans n'a pas été inutile. Vous vous étiez fixé comme impératif de consacrer l'argent économisé aux budgets essence et nourriture, et de vous procurer gratuitement tout le matériel, quitte à le rafistoler. Des bidons troués, récupérés sur une décharge publique, vous ont servi à transporter votre essence durant toute la traversée de l'Afrique, après avoir été soudés et réparés par François.

Récupérée et également réparée et super-dopée par François, la 4 L à bord de laquelle vous alliez conquérir le désert. Il y avait entre elle et vous les mêmes liens qu'entre un cow-boy et sa monture. La 4 L était pour vous une compagne de voyage, vous ne la considériez pas comme un objet de série. Jamais dans vos conversations vous ne la désigniez autrement que par son nom. Elle s'appelait « Sahara'ch ».

« Sahara'ch » vous a emmenés en Afrique et vous l'avez ingratement abandonnée en pièces détachées à Abidjan... Vous n'avez pas réussi à découvrir les dinosaures mais, en contrepartie, que d'aventures! Tu les as brièvement racontées dans *J'ai du ciel bleu dans mon passeport* [1]. Et à peine rentrés, vous pensiez déjà à repartir pour une seconde incursion au Sahara.

Beaucoup d'amis de Viroflay voulaient vous y accompagner. Mais en trois ans, leurs velléités ont fondu au soleil de Viroflay. A une époque où tu aidais François à construire un bateau en fibrociment, baptisé *Borgnefesse* [2], les amis étaient nombreux à désirer participer à cette aventure : je ne sais plus très bien vers quelle destination. Mais je me souviens que tu t'en étais retiré parce qu'elle attirait trop de monde. Cette pléthore de candidats-aventuriers te paraissait un peu lourde à porter; elle retarderait trop les décisions nécessaires...

1. Chapitre 5.
2. En hommage au capitaine Borgnefesse, pirate des Antilles au XVIIe siècle. Voir *Cahiers de Le Golif, dit Borgnefesse, capitaine de la flibuste.* Grasset, 1952.

Lors de votre premier voyage, votre véhicule était souvent dépassé par d'opulentes et rapides Land Rover; par des camions Citroën équipés avec cuisine et douche, les phares protégés par des grilles. Les parois des véhicules indiquaient orgueilleusement et en lettres énormes leur destination : Paris-Dakar, Paris-Abidjan, pour que tout le monde en soit avisé. A côté de ces « voyageurs de luxe » qui mettaient entre eux et vous un épais rideau de poussière, vous aviez l'air de modestes amateurs.

Alors, au second voyage, vous vous êtes dit : « Nous aussi nous pouvons avoir tout le confort moderne, nous aussi nous proclamerons notre destination. » Votre fourgonnette 2 CV arborait d'abord l'inscription triomphale : PARIS-MARNES-LA-COQUETTE PAR L'AUTOROUTE.

Sur l'aile avant gauche, tu avais peint – en couleurs – un WC tout confort : cuvette, rouleau de papier, chasse d'eau. Sur l'aile avant droite, une salle de bains, tout confort également. Sur le côté du véhicule, une chambre à coucher, avec un personnage à la fenêtre que vous aviez surnommé « l'Espion »... Évidemment, l'intérieur ne correspondait pas exactement à la vitrine!

Pour ce second voyage, vous étiez trois : Benoît Claire, avec qui tu as fait ta première chute libre en parachute à Bergerac, s'était joint à vous.

Vu depuis la plage ou la digue de Saint-Malo, ce voyage me paraissait encore plus fabuleux que le premier : vous en aviez effectué une partie à dos de dromadaires.

Par des bribes de confidences, des récits d'incidents drôles ou fabuleux, par la correspondance que nous entretenions, à ton initiative, depuis 1967, je reconstituais comme un puzzle cet univers de Viroflay dont je me sentais éloignée par des années-lumière.

Je connaissais la maison, la chambre par laquelle tu t'évadais la nuit. Mais j'avais envie aussi de connaître ce François Laurenceau dont tu me parlais tant et qui, à partir de morceaux de ferraille, fabriquait les motos ou les autos nécessaires à vos aventures. A cette époque, nous habitions en garnison avec mon père en Allemagne. Deux fois par an, nous nous rendions en famille à Saint-Malo, directement de Tübingen, sans passer par la région parisienne.

La première fois où nous nous sommes enfin rencontrés en dehors de Saint-Malo, c'est en 1968, au mariage de ma sœur aînée Thérèse, où tu étais invité avec plusieurs de tes frères; tu avais le crâne rasé comme un bagnard. Quand la carrière militaire de mon père a pris fin, mes parents se sont installés avec mes sœurs et mon jeune frère à Maisons-Laffitte. Ce rapprochement incitait ton frère Hugues à prendre sa 2 CV et à venir nous rendre visite, un dimanche de temps en temps.

Éric et toi ne manquiez jamais de l'accompagner. J'en profitais pour te demander : « Quand me feras-tu connaître ton ami François Laurenceau? » Sous-entendu : « Quand m'invites-tu à Viroflay? » La réponse était vague. Nos vacances à Saint-Malo, les dimanches de Maisons-Laffitte, notre correspondance régulière te suffisaient. Tu ne voyais pas l'utilité de mélanger l'univers douillet de nos vacances et l'univers bouillant de Viroflay. Ainsi, sur la plage ou sur la digue, tu nous as parlé, des années à l'avance, de tes préparatifs de voyage au Sahara, mais jamais tu n'as proposé à des garçons de la bande de t'accompagner. Tu vivais dans deux univers à motivations différentes, donc séparés.

Entre les deux, une porte de communication a fini par s'ouvrir, fin 1973, quand tu nous as invitées, Hedwige et moi, à une petite fête organisée par François et Alain Laurenceau. Enfin! c'était quelques mois avant le voyage au Sahara auquel tu m'as fait participer. Tu devais déjà y penser, et il est bien possible que mon invitation chez les Laurenceau ait eu pour but de les habituer à ma future participation!

C'est tout juste si François connaissait mon existence, alors que, depuis des années, tu me parlais de lui. Dès le premier abord, je l'ai trouvé sympathique. Aussi calme et mesuré que tu étais impulsif et enthousiaste, peu expansif avec les gens qu'il ne connaissait pas. Il ne te ressemblait en rien : c'est pourquoi vous vous complétiez si bien. Vous pouviez passer des heures à bricoler, l'un à côté de l'autre, sans échanger un mot : vous étiez ensemble, c'était suffisant.

François, c'était l'axe autour duquel tournait l'univers de Viroflay. Quand il l'a quitté, pour se marier et vivre à l'étranger, tu attendais de moi que je prenne sa place dans ce petit monde où tu avais tes habitudes. J'ai mis un certain temps à comprendre que tu n'avais pas du tout, mais alors pas du tout, l'intention de vivre ailleurs.

En juin 1977, au retour de notre voyage de noces, tu as quitté pour la première fois la maison de tes parents et ton bien-aimé Viroflay pour t'installer avec moi à Paris, dans l'appartement que je partageais avec ma sœur Hedwige, rue Saint-Lambert. Solution provisoire : dès que nos finances se sont légèrement améliorées, nous avons entamé la recherche d'un appartement.

Aucun des appartements que je dénichais, à Paris, ne parvenait à te plaire. Et, par contre, aucun des appartements que tu proposais, toi, n'était situé à Paris. Tous se trouvaient, pure coïncidence, à Viroflay, et tous étaient pleins d'avantages : l'un d'entre eux te plaisait particulièrement. Trois pièces au deuxième étage d'un pavillon de belle allure, entouré d'un jardinet avec du gravier. Tu aimais beaucoup le perron de trois marches séparant le jardinet de la maison : il complétait ta sensation d'en être le propriétaire.

Très attachée à Paris, je ne me voyais pas menant l'existence retirée des banlieusards. La perspective de courir pour ne pas rater le train du matin me conduisant à mon travail à Paris ne m'enchantait guère. Toi, les trajets en train Viroflay-Paris ne te dérangeaient pas. Arrivé à la gare Montparnasse, tu te déplaçais dans Paris grâce à la bicyclette que tu laissais en permanence, vaguement attachée, devant cette gare.

Mais je me suis résignée. L'appartement était agréable, situé rue Chanzy : une rue aérée et calme, proche de la gare rive droite. Je me suis dit aussi que l'éloignement de Paris nous permettrait de mener la vie intime dont rêvent les jeunes mariés. Nous avons emménagé le 1er septembre : après trois mois d'absence – court entracte – tu réintégrais Viroflay.

Trois semaines plus tard, alors que nous venions tout juste d'abattre une cloison, nous avons appris, au milieu des plâtras que tu étais sélectionné, premier de tous les candidats, pour l'émission de télévision la « Course autour du monde ». Tu allais partir, avant la fin du mois, pour un voyage de quatre mois. Les préparatifs du départ ne te laissaient plus le temps de poursuivre notre installation. La perspective de me retrouver seule, avec les gravats de la cloison, m'épouvantait. Pour adoucir notre séparation, la veille du départ, tu as descendu les gravats et les a empilés derrière la maison... où tu les as retrouvés quatre mois plus tard, étonné que je ne m'en sois pas débarrassée!...

Entre-temps, j'ai dû m'habituer à rentrer tous les soirs dans un appartement vide, dans une ville où je ne connaissais presque personne; où François Laurenceau et tes parents n'habitaient plus.

Tu adorais tant Viroflay, tu t'y sentais si bien que tu n'aimais pas qu'on touche à l'image que tu en avais. Je me souviens de ta déception, de ta tristesse, de ta nostalgie lorsqu'on a démoli la vieille gare rive droite, TA gare, pour la remplacer par une installation moderne, introduite par effraction dans TON univers familier.

Trop de souvenirs, trop d'émotions, trop de racines te rattachaient à Viroflay pour que tu puisses envisager de vivre ailleurs. Je m'en suis définitivement rendu compte quand, cinq ans plus tard, s'est posée la question d'un déménagement. Deux garçons, Erwann et Tugdual, étaient venus nous rejoindre dans notre petit trois-pièces. La Chasse aux trésors, depuis près de deux ans, nous donnait une certaine aisance : pourquoi ne pas acheter un appartement?

Oui, mais pour le prix d'un appartement très moyen à Paris on pouvait avoir en banlieue une MAISON avec une cave et un grenier. C'est-à-dire une maison comme celle que tu avais habitée jusqu'à ton mariage.

La maison « idéale » que tu avais trouvée dans une rue calme, à proximité des bois, ne me séduisait pas, à cause de son exiguïté. Elle avait bien un sous-sol et un grenier, mais pas de salle de bains et seulement trois pièces, et tu parlais d'abattre toutes les cloisons pour en faire une seule grande pièce!

Je fondais beaucoup d'espoir sur la consultation que tu avais demandée à tes frères, Éric le banquier et Hugues l'architecte. Venus ensemble sur les lieux, ils déconseillaient l'achat. Mais ton parti était pris, et tu avais une idée très précise de toutes les améliorations que la structure existante permettait. D'abord dans la partie du sous-sol ouvrant sur le jardin, une chambre d'amis (rapidement devenue ton bureau), l'étage transformé en grand salon-salle à manger, le grenier cédant la place à deux chambres et une salle de bains.

Contre l'avis de tous, tu décidais d'aménager l'ex-grenier en mezzanine. Cela faisait perdre de la place et surtout rendait la grande pièce plus difficile à chauffer : donc dépense supplémentaire en frais d'énergie. Même ce dernier argument ne t'a pas ébranlé, toi dont l'éducation Dieuleveult avait fait un ennemi du moindre gaspillage!

Mais tu as eu raison de t'entêter contre l'avis de tous : la maison s'est avérée non seulement habitable, mais très agréable une fois aménagée, le seul inconvénient restant son éloignement de Paris.

Nos parents et amis, heureusement, n'ont jamais hésité à se déplacer pour nous rendre visite. Pour les encourager à le faire, nous avions décidé d'offrir une grande fête. Nous avions emménagé le 15 décembre 1982, l'inauguration officielle étant fixée au 30 décembre, en soirée. Les péripéties de cette inauguration, qui a rassemblé soixante personnes dans un espace restreint, méritent d'être racontées.

Le 29 décembre, nous devions être témoins en Suisse au mariage de Stanislas Popovic, un ancien de la Course autour du monde, qui avait participé au film sur le « rebelle Hissène Habré », au Tchad. Le lendemain 30 décembre, nous étions de retour à Paris vers treize heures, avec une forte envie de dormir. Avec l'aide de deux ou trois amies, je me suis mise à confectionner des canapés, sandwiches, à aménager la pièce : tous les préparatifs d'usage.

Alors que nous espérions ton aide, tu as disparu dans le sous-sol, emportant avec toi la porte des WC. Étrange! Mais je n'avais pas le loisir de te poser des questions. Le temps passant, je t'ai appelé et tu m'as répondu : « Plus tard, je n'ai pas terminé. » Un moment plus tard, toujours d'en haut je t'ai relancé : « Il y a le vin à aller chercher et des tas de choses importantes à faire – Ce que je fais est important aussi. »

J'ai fini par descendre et voir. Tu traçais à la règle, avec un feutre bleu, des traits horizontaux sur la porte. Puis tu as passé une autre couche de peinture. La face intérieure des WC était destinée à servir de livre d'or pour notre pendaison de crémaillère... La confection de ce livre d'or te préoccupait plus que l'organisation de la soirée elle-même.

Nous avions seulement demandé aux invités d'apporter une bouteille de champagne. En arrivant, ils déposaient leur bouteille dans une grande poubelle en plastique remplie de glace qui attendait cette offrande devant la porte d'entrée. Tu as passé la soirée à déboucher des bouteilles en criant très fort, chaque fois : « Champagne! » L'ambiance était très gaie...

Tu n'aimes rien faire de façon banale, même les

pendaisons de crémaillère. Tu avais donc décrété que, pour recevoir nos invités, il nous fallait imaginer une tenue originale, qui marquerait l'événement. J'avais ainsi revêtu, à ton instigation, une combinaison de parachutiste rouge et blanche. Tu portais également une combinaison de saut, mais celle-là blanche et rouge.

Tu as sûrement eu l'occasion de connaître d'autres moments mémorables à Viroflay. Mais cette soirée reste pour moi un des souvenirs les plus marquants des années que j'y ai vécues.

4

J'ai pris le volant au Sahara

Quand j'ai appris à conduire, en 1974, mon moniteur d'auto-école, c'était toi. Beaucoup de femmes ont appris à tenir un volant guidées par leur mari ou copain, dans les rues les plus calmes du quartier ou aux abords du village des vacances.

Toi, tu m'as appris à piloter une voiture sur l'autoroute la plus longue et la moins fréquentée du monde : le Sahara. Après des débuts maladroits, mais sans conséquences pour la circulation routière (ou « pistière »), j'ai traversé l'Afrique, au volant, du nord au sud. Pendant des semaines et des milliers de kilomètres, et en toute illégalité. Tu tenais absolument à ce que je suive ton exemple et passe mon permis en candidate libre. Je l'ai obtenu bien après mon retour en France.

Tu ne m'avais pas emmenée au Sahara pour le seul plaisir de me donner des leçons de conduite mais aussi pour me mettre à l'épreuve avec cette occasion de partager tes activités, en attendant de partager ta vie.

Le Sahara, tu en parlais déjà sur la plage de Saint-Malo, bien avant de l'avoir découvert. Tu nous a émerveillés ensuite avec le récit de ton premier voyage en 1971 avec François Laurenceau; puis de ton second voyage en 1973, avec François toujours et Benoît Claire.

Le troisième voyage, en juillet 1974, s'annonçait comme une véritable expédition : à la vieille 2 CV du premier voyage s'ajoutaient une 3 CV et un prototype à trois roues (conçu et bricolé par François et son frère Alain) baptisé le SEM (Sahara Exploration Module) en hommage au LEM (Luna Exploration Module) de la NASA. Une caravane, comme dans les livres d'aventures, mais avec des chameaux motorisés...

Je mourais d'envie d'y participer. Le seul fait de le demander m'aurait valu un refus. J'espérais donc. La proposition est venue de toi, je l'ai saisie au vol, sans même une seconde de réflexion. A la vérité, tu m'aurais proposé de t'accompagner à Venise ou sur le lac de Genève, j'aurais accepté aussi volontiers. La découverte de l'Afrique me passionnait, mais moins que la découverte de toi. Après des années de relations épisodiques et brèves, je te regarderais vivre et agir pendant trois mois.

Les frères Laurenceau me connaissaient à peine; ils n'étaient pas ravis par l'annonce de ma participation et je les comprends. Ils redoutaient la perturbation psychologique et, sur le plan matériel, la perspective du poids mort à traîner que représentait un élément féminin. Ils me savaient assez peu sportive, et pas du tout préparée aux épreuves du terrain. J'étais totalement inconsciente de ce qui m'attendait. Mieux informée, je serais partie quand même, puisque je partais avec toi.

Dans ton langage franc et direct, tu m'avais prévenue : « Il faudra te conduire comme un garçon et pas comme une bonne femme. Si tu as des vapeurs, on te rembarquera par le premier avion. »

Tout à fait rassuré sur ma détermination à changer de sexe, tu m'as très habilement imposée aux frères Laurenceau. A leurs dernières réticences, tu as opposé la ruse et piégé François en lui proposant d'emmener aussi sa future femme. Prudente, elle a préféré explorer le Pérou... D'abord résignés, puis compréhensifs, les frères Laurenceau ne m'ont pas maltraitée. Nous sommes vite devenus les meilleurs amis du monde.

Alain, François et toi étiez étudiants et libres de votre temps. Le voyage, de l'Algérie au Kenya, correspondait à vos trois mois de vacances. Le quatrième garçon, moi, était salarié. J'ai démissionné de mon emploi de secrétaire de direction, retiré mes économies de la caisse d'épargne, embrassé mes parents (pas rassurés du tout)... et en route vers la conquête des sables!

Tu as raconté les péripéties du voyage dans ton livre [1] et dans un récit intitulé *Trois roues sur le sable* [2]. Je me bornerai donc à mes propres impressions.

Élevée dans un milieu totalement féminin (mon père était souvent absent en raison de ses campagnes militaires), je me trouvais pour la première fois de ma vie immergée dans un milieu masculin. En trois mois remplis de difficultés matérielles à résoudre ensemble chaque matin, j'ai beaucoup appris sur la psychologie masculine. Je n'en suis pas malgré tout revenue montée contre les hommes!

Par les vacances à Saint-Malo, les rencontres, les sorties à Paris, je connaissais ton aspect charmeur, enthousiaste, entreprenant, inventif, déterminé... Au Sahara, à tes côtés vingt-quatre heures sur vingt-quatre, j'ai découvert ton « caractère de cochon », ton tempérament soupe au lait et impatient, prompt aux accès de colère. J'ai pu apprécier aussi d'autres aspects : endurance, énergie, organisation, méticulosité, obstination. Ton comportement folâtre et farceur, à Saint-Malo ou à Paris, dissimulait une totale absence d'amateurisme, soutenue par un professionnalisme déjà vif. Pour couronner le tout, je découvrais au milieu des sables ta candeur désarmante et parfois agaçante.

Le trait de ton caractère le plus ignoré des gens qui

1. *J'ai du ciel bleu dans mon passeport*, chap. 5.
2. Inédit et plus développé que le chapitre du même titre.

t'ont vu bondir, foncer, entreprendre, risquer ta vie et sourire c'est : la minutie, la méticulosité dans l'action importante comme dans le détail. Prise par mon emploi jusqu'au dernier moment, je n'assistais que partiellement aux préparatifs matériels et au chargement des véhicules. Au moment du départ, en montant dans ta 2 CV, j'ai été bien étonnée par la façon dont tu en avais aménagé l'arrière. Surmontant les bagages, des étagères de tailles et d'écartements différents recevaient des objets dont la dimension avait été mesurée au centimètre près, et tout l'emplacement était rigoureusement déterminé : pots de ketchup, de moutarde, de sel, de sucre. Je n'aurais pas été choquée de voir ces pots en vrac, dans un panier... Je constatais le résultat de l'éducation Dieuleveult : une place pour chaque chose et chaque chose à sa place...

Ton côté impatient, impulsif, colérique, m'était connu. Mais avant le Sahara je n'avais pas eu l'occasion de le constater et encore moins d'en souffrir. J'en ai fait l'expérience dès ma première leçon de conduite automobile... Plus tard, quand je suis devenue un chauffeur convenable, tu ne supportais toujours pas ma façon de passer les vitesses. A la moindre maladresse, tu prédisais à notre véhicule un destin catastrophique.

Mais le Sahara n'avait pas besoin de mon aide pour nous plonger dans les tracas! Les innombrables ensablements, crevaisons et incidents mécaniques, ajoutés à la saturation provoquée par la promiscuité, la fatigue, la monotonie de la vie quotidienne faisaient monter la tension à un niveau intenable. Seule façon de la relâcher : un accès de colère, souvent ridicule par rapport à l'incident qui l'avait fait déborder. Ces accès nous saisissaient tous à tour de rôle, jamais simultanément. Les sujets épargnés attendaient avec résignation le retour au calme chez le sujet atteint. Chez toi, les emportements fréquents retombaient vite. Les colères de François étaient plus rares mais terribles. De nous tous, Alain est le seul à avoir conservé une humeur à peu près constante.

Un jour où nous subissions le énième ensablement de la journée, tu as explosé : « Je rentre à pied! » Nous t'avons vu partir, t'éloigner, devenir tout petit à l'horizon. Sans reproches, sans chercher à te retenir ou à te calmer, en silence, nous avons creusé, poussé, creusé... Une heure plus tard, notre convoi t'a rattrapé, dépassé sans paraître te voir... Et cinq cents mètres plus loin, nous t'avons attendu, sans triomphalisme. Nous n'étions pas des chiens...

Je crois avoir été la première à succomber à la réaction du ras-le-bol. Je me revois, faisant mine de rassembler mes affaires en criant : « J'en ai marre de vous, de tout. Je rentre en avion! » Avec un petit geste vers l'immensité des sables, tu m'as dit, très calme :

– Ne te gêne pas.

– Je prendrai l'avion au prochain village.

– Comme tu voudras.

Le prochain village... Quand nous l'avons trouvé, quatre jours plus tard, j'avais changé d'avis.

L'énervement de François nous a valu, une fois, une scène assez drôle. Avec son frère Alain, il portait tout le poids des incidents mécaniques. Eux seuls étaient capables d'ausculter un moteur défaillant et de le guérir. Certaines réparations nécessitaient au préalable un démontage complet, long et fastidieux. Saturé par la fréquence de ces incidents, un beau jour François a décrété : « Je ne démonte plus. » Pour souligner sa détermination, il est allé s'asseoir à une dizaine de mètres, imité par son frère.

Toi et moi avons pris bravement une clé en main, tout en sachant que nous étions incapables de démonter. Quant à réparer... Devant nos efforts pitoyables, François, toujours assis à l'écart, n'a pu s'empêcher de diriger la manœuvre : « Mais non, pas comme ça, dans l'autre sens... » De mémoire, sans avoir le moteur sous les yeux, il nous prescrivait de bout en bout chaque manipulation, précisant même le nombre de tours de clé. Un cours de mécanique par correspondance...

Un de ces incidents a laissé un jour François impuissant : une pièce cassée. Il fallait souder mais il nous manquait le matériel nécessaire. Nous étions en plein désert, au nord du lac Tchad. Le prochain village était trop éloigné, et peut-être n'y trouverait-on pas les moyens de réparer. La sagesse commandait de revenir en arrière, au village dont nous connaissions les ressources. François et Alain étant les mécaniciens, ils partiraient avec la pièce cassée dans le véhicule valide.

Ils nous ont laissés tous les deux avec le véhicule inutilisable et la plus grande partie des provisions et de l'eau. Normalement, ils reviendraient dans deux jours. Sans nouvelles d'eux dans trois jours, nous devrions conclure qu'ils avaient été victimes d'un accident. Et il nous faudrait regagner le village à pied.

Ni toi ni moi n'étions contrariés par cet aparté imposé. Pour la première fois depuis le début du voyage, nous nous trouvions en tête à tête. Nous avions beaucoup de choses à nous dire. La première journée a été paisible, reposante, sans une ombre d'inquiétude.

Le second jour, nous parlions déjà moins : l'attente s'installait. Tu as décidé qu'il fallait s'occuper, aménager le camp, le rendre plus accueillant. Cela a toujours été ta préoccupation en voyage : recréer un « chez soi ». Je l'ai remarqué dès notre première étape. Quand nous étions résignés à nous asseoir par terre pour manger, toi, tu improvisais des sièges...

Nous avons procédé à quelques aménagements et cherché un moyen d'agrémenter le festin – tout relatif – destiné à marquer le retour de nos amis. Tous ces préparatifs ont pris peu de temps. Alors tu as eu l'idée, pour occuper le reste de la journée, de confectionner des oriflammes et des banderoles, comme pour une fête, et de décorer le camp.

Comme nous étions plongés dans cette opération,

nous avons vu arriver des nomades à dos de chameaux. Malgré l'obstacle de la langue qui nous empêchait de communiquer avec eux, nous leur avons fourni un sujet de conversation pour le restant de leurs jours. Ils doivent encore se demander à quelle fête nous nous préparions à convier les fantômes du désert.

Tendue entre les tentes et la voiture, l'une des banderoles annonçait : « Bienvenue à nos sauveteurs ». Mais au bout de deux jours, les sauveteurs faisaient défaut. En le constatant, tu as simplement dit : « A partir de maintenant, nous économiserons l'eau. »

La troisième journée s'annonçait et l'angoisse s'installait. La chaleur nous étouffait, la solitude nous écrasait, interdisant toute conversation inquiétante. Partir à pied pour une marche de plusieurs dizaines de kilomètres... Nous y pensions l'un et l'autre, mais n'en parlions pas. J'ai eu souvent l'occasion de le vérifier par la suite. Plus une situation devient critique, plus toi l'impatient, le fébrile, tu deviens calme et silencieux. Pendant que je cousais, rangeais, rôdais, rêvassais, tu passais ton temps à écrire et surtout à dessiner.

C'est là un trait caractéristique de ton comportement : tu ne pars jamais en voyage sans emporter du matériel pour écrire ou dessiner, et un livre. Le sujet de ce livre étant toujours plus ou moins en rapport avec le voyage. Pour cette traversée-là du Sahara, tu lisais *l'Appel du Hoggar*, de Roger Frison-Roche.

C'est de ta mère et de ta grand-mère que tu tiens le don et le besoin d'écrire. Dans les dix années précédant notre mariage, tu entretenais avec moi une longue correspondance. Tu as envoyé des lettres souvent détaillées à ta famille, à la mienne, aux amis, des quatre coins du monde. Rude tâche, ces parents et amis sont nombreux! Tu en as ramené aussi ces carnets de notes et réflexions soigneusement alignés sur une étagère de ton bureau.

Écrire, c'était pour toi un moyen de communiquer, et aussi une façon de te recueillir. Noter tes impressions dans un carnet correspondait à un besoin de remettre de l'ordre en toi et de te ressourcer par une solitude intérieure.

Voilà pourquoi, au service militaire, tu te portais volontaire pour la garde de nuit, redoutée de la plupart des soldats. Et voilà pourquoi, au Sahara, je te voyais de temps en temps t'écarter pendant une heure ou deux, et méditer dans le lointain.

François en avait déjà été témoin lors du premier voyage. Moi, habituée depuis Saint-Malo à ton côté communicatif et farceur, je découvrais avec surprise ce besoin de gravité et de recueillement. Je le comprenais très bien d'ailleurs. Le paysage grandiose incitait à de telles attitudes.

Ce jour-là, adossée à notre véhicule inutilisable, dans l'attente du retour improbable de nos deux amis, toi à mes côtés mais perdu dans l'abîme de la page blanche, je songeais au père de Foucauld. Ce moine qui avait choisi de finir sa vie dans le désert te fascinait.

Il était pour toi l'incarnation de l'homme habillé de blanc qui, dans les images de tes livres d'enfant, voyageait à dos de cheval ou de chameau, accompagné par l'admiration ou l'affection de tous. Tu lui as consacré une brève allusion [1] à propos de ta visite à son ermitage, à Tamanrasset. Mais un jour, parlant de lui, tu as eu des paroles révélatrices de tes interrogations sur le renoncement. « Le père de Foucauld avait renoncé à tout, mais même lui se faisait plaisir, en se conduisant comme un saint. »

Le moment fixé pour affronter le désert et repartir à pied vers le nord était passé depuis plusieurs heures. D'abord, nous avons feint de ne pas nous en apercevoir. Puis, lisant l'angoisse dans mon regard, tu m'as dit d'un ton confiant, avant de te remettre à écrire : « Attendons encore un peu. » Comme pour te donner

1. *J'ai du ciel bleu dans mon passeport*, chap. 5.

raison, un bruit très lointain de moteur allait se faire entendre.

Quelques heures plus tôt, un bruit semblable, à peine perceptible, nous avait fait bondir de joie. Et nous nous étions retrouvés tout bêtes, gênés devant nos banderoles dérisoires, en regardant un avion, au loin, là-haut, filer dans le ciel.

Mais cette fois-ci ce bruit de moteur annonçait bien nos sauveteurs, avec la pièce réparée. Jamais je n'ai été aussi contente de les retrouver. Quant à toi, planté devant la banderole « Bienvenue à nos sauveteurs », c'est tout juste si tu ne les as pas engueulés.

Quelques semaines plus tôt, dans des conditions aussi angoissantes, j'avais pu apprécier ta détermination, assurée non plus par la confiance partagée, mais par l'autoritarisme.

C'était à Djanet, un endroit dont je n'ai pas gardé un bon souvenir. Victime d'une intoxication alimentaire, vous m'aviez conduite, en plein délire, dans un hôpital de fortune. Après ma guérison, nous avions décidé de prendre en cachette la piste interdite du Ténéré. Nous avions été obligés d'alléger au maximum les voitures, larguant même les sièges avant, remplacés par les bidons d'eau.

Notre départ furtif nous a fait rater une balise : un instant d'inattention dû à la fatigue ou à une trop forte luminosité... Au lieu de filer vers le sud nous nous dirigions vers l'ouest, droit vers la Lybie. Deux solutions pour retrouver la piste du Ténéré. La plus sûre consistait à revenir au point de départ : d'où perte de temps et possibles difficultés avec les autorités dont nous avions bravé les interdictions. La solution rapide consistait à traverser en nous guidant à la boussole, avec le risque de passer entre deux balises et de tourner en rond, sans jamais retrouver la piste et en épuisant nos réserves de nourriture et d'eau. Tu préconisais cette dernière solution, François s'en tenait à la première.

Longue discussion, chacun étant invité à donner son avis. Alain et moi avons gardé un silence prudent, sûrs que notre point de vue serait de toute façon considéré comme non valable : nous étions des novices. Finalement, c'est la solution risquée qui a été choisie parce que, verbalement, tu as été plus fort que François. Et tu as gagné ton pari. Ce triomphe, contre l'avis de tous les autres, était un hommage à ton autoritarisme.

Toutes nos péripéties n'étaient pas aussi dramatiques. Bien au contraire. Je me souviens de notre passage à Iférouane.

Dans ce village, un an plus tôt, François et toi aviez amadoué un douanier en lui promettant le cadeau d'une bouteille de whisky à votre prochaine visite. Promesse de Gascon, dont vous aviez perdu tout souvenir. Ce sont les gens du village qui, par leur réaction, vous l'ont rappelée. Ils reconnaissaient la voiture et faisaient à François et à toi des démonstrations d'amitié.

Le téléphone arabe aussitôt propagea la rumeur de votre retour. Le douanier attendait sa bouteille et vous ne l'aviez pas...

Nous l'avons trouvé en train d'écouter à la radio le résultat des élections américaines. Selon lui, un certain Gérard (il s'agissait de Gerald Ford) était élu président des États-Unis. Cette circonstance vous a certainement aidés à faire oublier la bouteille promise. Je ne me souviens plus par quelle pirouette vous vous en êtes tirés.

Je me rappelle par contre le long débat qui a précédé notre visite à ce brave homme. Alain et moi nous délections de votre assaut de mauvaise foi et d'arguties pour déterminer qui, de François ou de toi, était responsable d'une promesse inconsidérée, et qui de vous deux devait aller s'expliquer avec son bénéficiaire. Votre discussion s'étant rapidement muée en jeu, voire en spectacle, tout s'est terminé dans un fou rire général.

Un autre jeu-spectacle, celui du paquet de cigarettes,

a remplacé un jour la partie de scrabble ou la bataille navale réservées à nos moments de détente. Toi et moi étions des fumeurs invétérés. Les frères Laurenceau, deux abstinents convaincus, contemplaient avec ironie les expédients provisoires auxquels l'absence de tabac nous conduisait.

A peine avions-nous bu le thé, toi et moi, que nous récupérions goulûment les sachets pour les faire sécher : ça n'était pas long. Avec ce thé usagé, réchauffé par le soleil du désert, vite nous roulions des cigarettes. On les fumait avec volupté, ou presque...

Et voici qu'un jour, dans le massif de l'Aïr où nous avions découvert avec stupéfaction un pigeon mort – comment était-il arrivé là? – François a fait une trouvaille absolument fabuleuse. Un paquet de cigarettes intact! Pendant un moment interminable, François a joué avec tes nerfs et les miens, émettant les conditions les plus loufoques. S'il avait continué ce jeu plus longtemps, nous aurions accepté ses conditions ou nous nous serions emparés du trésor par la force!

Heureusement, notre longue pénurie s'entrecoupait parfois d'une période de bombance : douches, légumes verts, tabac, boissons fraîches... Le plus souvent, ces festins inespérés survenaient dans une ambiance magique... Ou semblaient sortir d'un rêve. Je dormais, d'ailleurs, à côté de toi au volant de la 2 CV, quand un jour tu m'as secouée : « Diane, regarde! Des arbres, regarde! »

Dans le lointain, au beau milieu des sables, on voyait indéniablement des arbres. Un mirage, sans doute... « Mais non, je les observe depuis dix minutes. »

Ces arbres – du moins un effet d'optique nous les suggérait-il – étaient en réalité des hommes isolés en plein désert. Des Blancs et des Africains occupés à faire des recherches sismiques. Bien que vivant sous la tente et environnés de sable, ils disposaient d'un certain confort. Ils nous en ont fait profiter avec largesse. Ravitaillés par avion tous les trois jours, rien ne leur manquait : tomates, salades vertes. Quelle liesse! et toutes les boissons : du vin rouge au whisky en passant par la bière! Notre venue représentait pour eux une récréation.

Je me souviens, aussi, de notre arrivée, un peu éberlués, au village de Gouré, le jour d'une grande fête : un très long et succulent banquet, un interminable dîner-spectacle auquel nous avons assisté à côté des notables. Honneur aux vainqueurs du désert!

Très excité par le bruit, la couleur, l'ambiance, tu n'arrêtais pas de filmer. C'était ton premier film, tes débuts à la caméra. Dans la chaleur communicative du banquet, tu oubliais qu'on ne manipule pas une caméra comme un appareil photographique. Tu la tournais dans tous les sens pour améliorer le cadrage. Cela a donné, au développement, des effets curieux.

A la fin du voyage, nous n'étions pas très frais à voir, notre aspect se dégradant en même temps que les véhicules. Une scène du film *Trois Roues sur le sable* ressemble à du Laurel et Hardy. Quand on monte sur le marchepied, il s'effondre. On ouvre une portière, elle reste dans la main... ce n'était pas un gag, mais la (joyeuse) réalité.

Nous étions donc ravis de retrouver la civilisation, même rudimentaire; et ravis de loger chez l'habitant, même si l'habitation n'était qu'une maison de toile. Par contre, quand nous abordions un village ou une ville, nous ne dormions jamais à l'hôtel. C'était contraire à nos principes et nous y avons rarement dérogé. Tu n'as pris l'habitude des hôtels qu'avec la Chasse aux trésors : le manque de temps et l'organisation matérielle ne te laissaient pas d'autre choix. Sinon tu serais certainement allé loger chez le garde champêtre local, ou chez le camionneur ou le motard qui, pendant l'émission, t'avait pris comme passager...

La magie de ces périodes fastes ne tenait pas seulement aux circonstances, à l'abondance matérielle et au confort mais, tout aussi bien, à la qualité humaine des personnes rencontrées.

Je pense à ce Français, spécialiste de la mouche tsé-tsé, chez qui nous avons habité pendant huit jours à Fort-Lamy. A cet autre Français, Gérard, rencontré en plein Hoggar. Amoureux d'une femme targuie, il l'avait ramenée en France où elle n'avait jamais pu s'habituer. Il était revenu avec elle vivre au Hoggar, parmi les Touaregs.

Plus simplement encore, je pense à cet enfant victime d'une morsure de chameau, silencieux et même impassible sous la brûlure de l'alcool. Soigner une morsure de chameau, c'était pour François une nouveauté; un tel événement n'a pas dû être fréquent dans sa carrière médicale.

Événement pour toi aussi, au Cameroun, la visite de la plantation de canne à sucre où l'aîné de tes frères, Yves, avait travaillé pendant des années, à quelques kilomètres de Yaoundé. Tu n'obéissais pas à une simple curiosité. C'était pour toi un pèlerinage aux sources. Et pour nous aussi, en un certain sens. Sans les récits de ton frère Yves qui émerveillaient ton enfance, sans les peaux de bêtes qu'il faisait sécher dans le jardin de tes parents, nous n'aurions jamais traversé l'Afrique.

Le seul moment « plat » de notre voyage correspond à notre séjour chez des coopérants, amis d'amis. Ils étaient accueillants et sympathiques, mais indifférents au pays où ils vivaient depuis plus de deux ans. La route goudronnée cessait à quelques kilomètres de la ville et se prolongeait par une piste. Nos hôtes, avec leur voiture, n'avaient jamais dépassé la partie goudronnée. Ils se suffisaient à eux-mêmes avec leurs domestiques, l'air conditionné, les bridges et les dîners avec d'autres coopérants.

Leur attitude te scandalisait. « Comment peut-on vivre dans un pays lointain et ne pas avoir la curiosité de le visiter et de le comprendre! » On ne risquait pas de t'adresser, à toi, un tel reproche! Partout où tu passais, tu voulais tout voir, tout savoir, tout comprendre et tu n'étais jamais rassasié. Et dans ton impatience d'en savoir plus et d'aller encore plus loin, tu étais déjà ailleurs avant d'être parti, et tu ne prenais pas le temps d'approfondir ce que tu étais en train de découvrir. Et quand tu en prenais le temps, ton acharnement allait, en toute candeur, jusqu'à l'indiscrétion.

« On n'a pas le droit de parler de ce qu'on n'a pas vu ou pas expérimenté soi-même. » Ainsi, toi qui as horreur des chasses à courre – tricherie et boucherie – tu en as suivi une pour pouvoir en parler en connaissance de cause.

Au Sahara, tu as photographié de loin, de près, et en détail, la castration d'un chameau. Moi je n'ai pas tardé à battre en retraite devant le spectacle insoutenable. Tu en convenais, mais... « Tu aurais dû prendre sur toi et rester. Tu n'auras jamais plus l'occasion de voir ça... – Je l'espère bien! »

En vertu du même principe, tu t'es précipité un jour vers un musulman procédant aux ablutions et à la prière. Et tu t'es installé à côté de lui pour l'observer. Tu as quand même fait l'effort de ne pas le photographier ni de l'interrompre par des questions. Mais j'étais choquée et je te l'ai dit. « Je ne voulais pas le gêner dans sa prière. Je voulais comprendre ce qu'il faisait. Je n'ai jamais eu l'occasion de voir de près un musulman en train de prier. »

Une candeur désarmante! Tu ne pouvais pas te contenter de regarder vivre les gens que nous rencontrions. Sous prétexte de les comprendre, il te fallait les observer de près, te mêler à eux, les interroger, entrer dans leur maison, forcer leur intimité, en quelque sorte... Je me demande parfois si l'acharnement mis à comprendre les autres ne traduit pas une impuissance réelle à les comprendre.

Tu n'as jamais été éconduit. Tu avais l'art de te rendre sympathique. Ou alors ces gens étaient-ils pleins d'indulgence pour l'étranger qui violait, sans méchanceté, les règles de leur savoir-vivre?

Je me souviens pourtant d'un échec, le seul que tu aies essuyé! Nous avions rencontré un Peuhl qui portait un short de peau, très caractéristique, de fabrication artisanale. Tu voulais ce vêtement et lui ne tenait pas à s'en défaire. Tu t'es lancé dans un long marchandage à base d'argent et d'objets divers. Tu as même convaincu le Peuhl d'essayer le short blanc confectionné par ta mère!

Il a subi la tentation, mais il n'y a pas cédé. Son vêtement de peau lui paraissait mieux adapté à son genre de vie, donc plus utile que tout ce qu'on lui offrait en échange. Toi, tu étais stupéfait. Pourquoi s'obstiner à refuser un marché devenu aussi avantageux? Sans être colonialiste ni despotique, tu ne comprenais pas qu'un indigène puisse refuser les bienfaits des Blancs. Pour toi, c'était contraire à leur intérêt, donc absurde.

Tu ne saisissais pas non plus – je m'en aperçois avec le recul du temps – la différence entre les indigènes du Sahara et ceux de l'Afrique noire. A l'arrivée d'un Blanc étranger au village, les Noirs accourent, engagent eux-mêmes le dialogue, sont prêts au troc et au commerce, fascinés par les objets qu'ils ne connaissent pas.

Les gens du Sahara, tout en restant très accueillants et obligeants, sont distants et fiers, peu expansifs avec les étrangers. Ils sont très attachés à leur culture et à leurs traditions. Avec sagesse, ils ne se laissent pas éblouir par la civilisation des Blancs. Ils n'en ont pas besoin, elle ne correspond pas à leur mode de vie.

J'ai pu à la faveur du périple saharien mesurer les qualités et les défauts de ton professionnalisme, ton sens de l'événement qu'il faut surprendre et fixer à tout prix.

A peine arrivé dans un village, tu déclenchais la mitraille photographique. Pour être sûr de ne rien perdre, de tout voir, tout comprendre, tu mitraillais, tous azimuts, sans te préoccuper de savoir si cela plaisait ou non à autrui.

Il y a, de mon point de vue, de l'indiscrétion et même de l'indécence à prendre certaines photographies. En Thaïlande, tu as filmé une réfugiée cambodgienne en train de fermer les yeux de son enfant qui venait de mourir. Tu t'es posé la question : « A-t-on le droit de filmer la mort? » Mais tu t'es interrogé *après* la prise de vue. Ce n'est déjà pas si mal. Certains ne sont même pas effleurés par ce genre de problème : ni avant, ni après. Je pense en particulier à l'éruption volcanique qui a dévasté la Colombie, à cette fillette dont l'agonie, dans la boue, assez longue, a laissé aux photographes et cameramen tout le temps d'accomplir leur métier et de faire pleurer les chaumières.

Nous avons eu, au Sahara et ailleurs, l'occasion de discuter de tes conceptions journalistiques. Depuis ce grand voyage en Afrique, tes arguments n'ont pas varié. D'après toi, on ne peut passer indifférent devant le spectacle de la vie, il faut s'émouvoir. Si l'on veut témoigner et faire partager son émotion aux autres, il faut leur communiquer l'image qui l'a provoquée.

D'après toi, une scène vue à travers le viseur d'une caméra n'a pas la même signification que vue par l'œil. Elle se réduit à un fait isolé, dépourvu de toutes les interrogations de morale, de décence, de courtoisie qu'on se pose *ensuite,* en reconstituant la scène dans son ensemble. Toutes ces interrogations sont suggérées par l'environnement sociologique et psychologique qui entoure le fait et non par le fait lui-même. Soit. Mais a-t-on le droit, sous prétexte de fixer le fait, de faire abstraction de cet environnement?

C'est donc au Sahara que j'ai découvert en toi les défauts qui font... les qualités d'un bon journaliste. Même formulée ainsi, cette appréciation t'apparaîtrait comme un grand compliment.

5

Tu partageras ma vie...

Je me rappellerai à jamais la façon, peu banale, dont j'ai appris que nous allions nous marier toi et moi.

C'était au printemps 1977, nous rentrions en voiture de Bretagne à Paris, avec ma mère et toi. La conversation roulait sur notre séjour à Saint-Malo. Un silence s'est produit. Et soudain, je t'ai entendu dire à maman : « Ma tante [1], je vous annonce que Diane et moi nous allons nous marier le 28 mai. »

Ma réaction a été immédiate : « Tu aurais pu me prévenir! » Oh! ce n'était pas vraiment une surprise : l'idée de notre mariage était dans l'air depuis le retour du Sahara. Mais nous n'arrivions pas à en prendre la décision. En attendant ce jour, tu voulais que je t'accompagne dans toutes tes activités.

Tu le voulais aussi fort, d'ailleurs, après notre mariage. Et ce désir touchant, souvent irréaliste, était quelquefois drôle. Par exemple tu m'as proposé de t'accompagner (à bicyclette) pendant que tu courrais (à pied) les « 100 kilomètres de Millau ». Je m'en sentais incapable : tu jurais le contraire. Heureusement – pour une fois – nous étions fauchés et incapables de payer deux

1. En Bretagne, on donne le titre de « tante », par respect, à une personne dont on n'est pas nécessairement le neveu ou la nièce.

billets Paris-Millau et les frais d'hôtel. Cette pénurie monétaire nous a dispensés d'un grave affrontement.

Au moment de tes reportages en Asie et en Afrique tu envisageais ma présence à tes côtés pour effectuer la prise de son, toi assurant l'image. Mais la venue de nos enfants a tranché le problème. Plus tard, au temps de la Chasse aux trésors, j'ai failli accepter de participer à une course d'hélicoptères, pilotes et acrobates étant secondés par leur moitié, comme au cirque. Du haut des airs, j'aurais fait des signes amicaux à la foule, entre deux de tes exploits.

Deux ans avant notre mariage, par contre, il ne me venait pas à l'idée d'éviter les occasions de partager ta vie. En 1975, j'ai même suivi, à côté de toi, quelques cours de l'École des travaux publics : ce n'était pas drôle. Peu après, c'était plus drôle, je me suis inscrite à ta suite au cours d'art dramatique René Simon; sans avoir jamais eu la moindre intention de faire carrière dans le spectacle. Mais tu me voulais auprès de toi comme témoin de tes efforts pour apprendre le métier de comédien.

Chaque élève du cours Simon devait, à son arrivée, interpréter sur la scène un texte de son choix pour permettre de le classer et de découvrir sa personnalité. C'était un peu comme le premier bal d'une débutante dans le monde : il fallait briller, et même éblouir.

Chacun s'y préparait longuement, pour être sûr de ses effets et subjuguer l'auditoire. Tu y as parfaitement réussi, en récitant de façon remarquable le poème « la Jeunesse » alors attribué au général MacArthur. Dans un milieu où on ne jurait que par Brecht, Anouilh, Beckett, Sartre, etc., choisir le texte d'un militaire ne passait pas inaperçu. C'est bien ce que tu voulais...

Moi, au contraire, cette épreuve m'épouvantait et j'en repoussais la date de jour en jour. Ces réticences te désespéraient : « Mais décide-toi, Diane! Ça ne sert à rien de toujours renvoyer. De toute façon, tu as un tempérament de comédienne. » Parce que tu avais foi dans ta vocation de comédien, tu étais persuadé que, moi aussi, j'en avais une! Le temps n'a pas confirmé tes espoirs...

J'avais choisi de réciter un poème de Jacques Prévert. Bien entendu, je répétais sous ta direction. Et bien entendu, il me fallait interpréter ce poème à ta façon et non comme je le ressentais, moi. Dans le milieu du spectacle, il est d'usage de réconforter et de rassurer un camarade lorsque, par modestie ou par conviction, il juge sa prestation mauvaise. En redescendant de la scène, j'ai respecté la tradition, mais pas toi.

– Je te préviens : jamais plus tu ne me feras remonter sur une scène! J'ai été tout simplement exécrable!

– Tu ne l'aurais pas été si tu avais suivi mes indications!

J'ai tenu parole. Je ne suis plus remontée sur les planches. Sauf de temps en temps pour te donner la réplique. Ma carrière d'artiste dramatique a été brève.

Il n'y avait pas de cours théoriques. Le professeur distribuait des scènes, on les préparait avec le ou la camarade choisi pour donner la réplique. On les interprétait sur la scène, le professeur en faisait la critique, suggérait des améliorations.

J'aurais dû noter les commentaires te concernant. Je me souviens seulement que le professeur, tout en appréciant ton réalisme, te reprochait de crier trop.

A la fin de la première année, tu étais très fier d'avoir reçu le premier prix d'interprétation garçons : ton premier « Premier Prix »... en dehors de celui de gymnastique!

Pour moi, le cours René Simon représentait une simple expérience, sympathique puisque partagée avec toi. Entre deux épisodes paisibles de ma vie, c'était une plongée dans un univers magique, où les êtres se composent chaque jour la personnalité de leurs rêves ou de leur choix.

Pour toi, c'était au contraire un univers porteur

d'espoir. Le jour où tu as renoncé à cet espoir et aux rêves qu'il permettait, je n'ai pas partagé ton déchirement. D'ailleurs, à peine avais-je remis le pied sur terre, dans le monde des basses contingences, que tu m'embarquais aussitôt dans une nouvelle aventure. Et c'était un virage à 180 degrés.

Cette fois-ci, il ne s'agissait plus de s'essayer à construire et à animer des rêves, mais d'apprendre à affronter la vie, de la défier, d'en vaincre les risques, et de se dépasser. Tu n'as eu aucune peine à me communiquer ton enthousiasme. Une fois de plus j'étais résolue à abandonner mon emploi, Paris, mes amis, ma famille, pour ce petit village des Hautes-Pyrénées où allait fonctionner l'École de l'aventure [1], sous l'autorité du directeur-fondateur Gérard Delas. J'en serais la secrétaire, et toi le moniteur chef.

Tu te préparais à cette tâche grâce à des stages spécialisés de haut niveau : alpinisme, spéléologie, canoë sur les rivières de montagne. Entre deux stages, tu m'as emmenée voir le village où nous allions passer ensemble les plus belles années de notre vie.

A peine arrivés, tu m'as entraînée dans une balade en montagne. Tu voulais absolument, et tout de suite, me communiquer ton admiration devant la beauté du site.

Parvenus au sommet, nous cheminions sur la ligne des crêtes avec le vide à gauche et à droite. On avait une vue splendide sur le village et sur tout le paysage mais le vertige m'empêchait de l'apprécier. Tu n'arrêtais pas de me dire : « Regarde comme c'est beau... Mais regarde, au lieu de contempler tes pieds. – Tu ne te rends pas compte du mal que j'ai eu à te suivre. – Eh bien, tu y es arrivée. Alors, maintenant, regarde! – Si je regarde, tout va se mettre à tourner. – Mais non, fais un effort. – Je n'arrête pas d'en faire. »

Tu as remporté tellement de victoires sur ta peur,

1. *J'ai du ciel bleu dans mon passeport*, chap. 18.

comment aurais-tu pu comprendre l'impuissance des autres? Je me souviens d'une randonnée à ski, terrible pour moi. Arrivés à un certain point, il fallait redescendre; la pente m'épouvantait. « C'est lamentable, un chat pourrait le faire. – Je ne suis pas un chat! – Ah! ça non, tu n'es même pas une bête. » Agacé par mes hésitations, tu as fini par lâcher : « Eh bien, reste là, puisque tu y tiens! Moi je m'en vais! »

Un beau jour, tu as compris que me bousculer n'était pas la bonne méthode pour m'amener à me dépasser. Alors tu as cherché à me mettre en confiance. Avec des ruses grosses comme des hélicoptères. Ma méfiance s'éveillait aussitôt quand tu me disais, d'un ton négligent : « C'est une balade tout ce qu'il y a de plus facile, la preuve : un tel ou une telle l'ont faite. »

Pour en revenir à École de l'aventure, nous avons vécu seulement le prologue de ce beau combat pour la vie. La perspective de mener, toute une année, dans un joli petit village, une existence bien réglée par un emploi du temps scolaire ne convenait guère à ton tempérament. Sous le prétexte de la modicité de ton salaire, tu demandais la possibilité de t'absenter le temps d'accomplir des travaux plus rémunérateurs, mais toujours dans le même esprit : des stages d'instruction parachutiste.

Gérard Delas s'y est fermement opposé : « Si tu as la possibilité de partir à gauche à droite, tu perdras l'état d'esprit dans lequel nous devons nous enfermer. »

Alors, tu es parti. En Amérique du Sud. Sans moi : j'aurais été bien incapable de conduire l'une des motos de l'expédition Caracas-Rio de Janeiro organisée par la Guilde du raid. Pour la première fois, et pendant trois mois, tu pouvais vivre – retirer un salaire – d'un voyage. On t'avait engagé comme assistant-cameraman. Tu l'as raconté sous le titre *Un air de piano très doux dans une ville morte* [1].

1. *J'ai du ciel bleu dans mon passeport,* chap. 6.

Au retour, tu as éprouvé l'une des plus grandes joies de ta vie. Une lettre d'Antenne 2 t'attendait depuis plusieurs semaines.

C'était une conséquence de ta participation, deux ans plus tôt, à l'émission de l'après-midi où tu présentais le film de notre équipée saharienne : *Trois Roues sur le sable.* De cette prestation, il restait une fiche avec tes coordonnées et une appréciation favorable. Voilà pourquoi on t'invitait à participer à une nouvelle émission conçue par Jacques Antoine : la Course autour du monde. Quatre mois à travers les continents pour réaliser une quinzaine de films à diffuser au fur et à mesure sur l'antenne. Le dossier d'inscription était reçu par la société coproductrice Télé-Union.

La chance de ta vie. Tu l'attendais depuis toujours, et tu rentrais d'Amérique trop tard pour la saisir, après la clôture des inscriptions! On te donnait l'espoir de participer à la deuxième course, dans un an. Dans un an! Tu n'aurais jamais la patience de vivre jusque-là! Tu es allé le dire à Télé-Union, à la responsable des dossiers de candidature, Monique Lepetit. Elle n'y pouvait rien. Mais ton numéro de charme et de désespoir lui a paru sympathique.

Son mari, Pierre Lepetit, avait vécu autrefois au Liban où il conservait des amitiés. Il était attristé par la guerre civile dont ce pays était victime. Sans appuis politiques ou financiers, mandaté par personne et agissant de sa seule initiative, Lepetit songeait à monter une opération humanitaire.

Aucune rétribution n'était prévue, et la mission comportait tous les risques liés à la traversée d'une guerre civile. Cela ne t'a pas fait hésiter une seconde. Seule condition à ta participation : tu te refusais à une prise de position politique, en avantageant l'un des camps en présence; pour toi, il n'y avait pas d'un côté les « bons » blessés et de l'autre les « mauvais ». D'ailleurs, Pierre Lepetit défendait lui aussi ce point de vue. A l'arrivée à Beyrouth, la cargaison de médicaments ferait l'objet d'une répartition équitable entre les deux camps. Vous conduiriez le camion à tour de rôle. Le voyage par voie terrestre s'annonçait fatigant, il fallait un troisième chauffeur pour vous relayer : tu m'as désignée comme volontaire.

Mon patron a donc eu la surprise de me voir lui demander, quelques jours avant Noël, un congé spécial. Non pour des vacances, mais pour m'enfermer dans le local mis à notre disposition par l'ambassade du Liban. Dans ce local : un téléphone et une machine à écrire. Les malheureux Libanais ne pouvaient faire plus pour nous encourager.

Je travaillais alors avenue Paul-Doumer, dans une entreprise vendant du matériel allemand de travaux publics; j'avais été engagée, entre autres, parce que, née en Allemagne, j'en parlais la langue. Toi, tu saisissais toutes les occasions de venir me dire bonjour au bureau. Chaque fois, c'était l'enfer.

Notre matériel de bureau très sophistiqué te fascinait comme un enfant. Tu touchais à tout. Et, comme un enfant, tu n'arrêtais pas de poser des questions : « Qu'est-ce que c'est?... à quoi ça sert?... montrez-moi comment ça marche... C'est quoi un télex?... Quelle est la différence avec un télécopieur?... »

Quand tu avais épuisé les délices de notre matériel de bureau, tu t'intéressais aux produits pour la clientèle. Les clients, eux, au moins, ne tripotaient pas nos outils de travail!

J'avais un patron sympathique. Il m'a accordé le congé demandé : sa modeste contribution à l'amitié franco-libanaise... Une autre contribution, tout aussi obscure, nous a été apportée par la société Olivetti.

Le local mis à notre disposition, à l'Office du tourisme libanais, se trouvait rue du Faubourg-Saint-Honoré, en face d'Olivetti, où travaillait une de mes amies. Nous avions peu de matériel de bureau, pas d'argent pour en acheter. Tu traversais la rue, armé de ton plus beau sourire, pour mendier des photocopies.

Heureusement, mon amie avait pour chef de service, une demoiselle qui t'avait pris en affection; elle aurait fait n'importe quoi pour te rendre service.

Pour me distraire du travail de bureau (téléphone, courrier, tri de médicaments, accueil des visiteurs), tu m'as emmenée à Sarlat pour recueillir les dons d'un laboratoire. Le camion s'ornait d'un sigle conçu et peint par toi, pour la « Mission Mercure ». Ta mère nous a fait, peu après, la gentille surprise de nous offrir un napperon avec le sigle brodé par elle.

Enfin, Pierre Lepetit, toi et moi avons filé vers Nice et la frontière italienne, avant d'affronter les routes yougoslaves, grecques, turques, syriennes et libanaises.

Il ne s'agissait pas d'une promenade touristique. Nous nous préparions à un voyage très fatigant : pour entreposer nos rations militaires et nos bagages restreints, et pour dormir, nous disposions seulement de l'avant du camion. Toute la partie arrière avait été plombée par les douaniers. Et voilà que ces mêmes douaniers décrétaient, à Nice, qu'il nous manquait un document essentiel! Pour l'obtenir, Pierre Lepetit devait retourner à Paris et affronter un long parcours diplomatico-administratif.

Nous l'avons attendu pendant plusieurs jours à Avignon, chez ton frère Jacques. Les difficultés de Lepetit ne s'arrangeaient pas, mon congé touchait à sa fin. Je devais tristement renoncer à t'accompagner à Beyrouth. Ton frère Jacques offrait de me remplacer, mais il n'avait pas de passeport. En demander un, et obtenir tous les visas, prendrait trop de temps. Finalement, Lepetit revenait de Paris, accompagné d'un remplaçant.

Je t'ai laissé partir sans moi, le cœur gros. Cette situation, j'allais la connaître d'innombrables fois. J'avais accepté cette aventure sans le moindre effroi, sans me poser la moindre question sur les dangers qu'elle comportait (tu les as décrits dans ton livre). Je partais avec toi, rien ne pouvait m'arriver. Mais rester en arrière, seule, était plus difficile.

Tu m'avais promis, en partant d'Avignon, que nous passerions Noël ensemble; et comme toujours, tu n'as pas failli à ta promesse. Même une guerre civile ne pouvait t'empêcher de la tenir : le 24 décembre, à vingt heures, tu sonnais à ma porte.

A ton retour du Liban, il restait encore dix mois à attendre avant le départ de la prochaine Course autour du monde; et – mais cela nous ne nous en doutions pas – cinq mois avant notre mariage. Tu habitais encore chez tes parents où ton couvert était toujours mis; mais ça ne résolvait pas l'angoissant problème des liquidités. Les stages d'instruction parachutiste que tu dirigeais en qualité d'officier de réserve, cinq ou six fois par an, ne suffisaient pas. Chercher un emploi stable et régulier? Cela t'aurait empêché de participer à la deuxième Course et de saisir la chance de ta vie.

A Saint-Malo, on disait de toi : « Philippe se débrouillera toujours. » Tu l'as prouvé, pendant neuf mois d'incertitude, avec une ingéniosité très savoureuse. Et grâce à des expédients provisoires dont tu n'as pas toujours parlé dans ton livre : sans doute parce qu'il s'agissait de tout « petits métiers » rapportant de tout petits profits.

Très doué pour le bricolage, tu t'es lancé dans l'artisanat. Avec des clous à ferrer les chevaux, artistiquement vernis, tu fabriquais des bijoux, en particulier des colliers. Tu les plaçais dans les magasins. Je possède toujours le collier que tu m'avais offert. Je le portais ostensiblement quand nous sortions ensemble. J'étais plus convaincue par les jeux d'échecs et de dames que tu fabriquais dans des plaques de liège achetées boulevard du Montparnasse. Ces découpes étaient peintes de façon très élégante. Quant aux pièces d'échecs, tu les sculptais dans des bouchons de liège récupérés ou achetés en gros. Ces jeux, très bien exécutés, rencontraient un certain succès auprès d'un magasin du boulevard Saint-Germain. Leurs acheteurs – s'en doutent-ils? – possèdent aujourd'hui de véritables pièces de collection.

Tu avais trouvé un autre moyen d'arrondir tes fins de mois : en imposant aux futurs brevetés de tes stages d'instruction parachutiste l'usage de la photo de groupe. Ils étaient tous ravis d'en acheter un ou plusieurs exemplaires. J'ai retrouvé dans tes papiers plusieurs listes de commandes. Tu quittais la caserne en fin de journée, fonçais en voiture vers Paris où tu passais la nuit à développer et tirer tes commandes. Tu les livrais à la caserne au petit jour.

Avec le succès des photos de groupe, tu as cru trouver enfin l'emploi stable, sérieux, rémunérateur, permettant à la fois de nourrir ta famille et de voyager pendant tes congés. Tu songeais, sérieusement – très sérieusement même – après de nombreux calculs et devis, à ouvrir un magasin ou un laboratoire de travaux photographiques.

Tu n'as pas réussi, malgré tes efforts, à réunir le capital minimum de départ. Si tu l'avais trouvé, peut-être rien de ce qui t'a fait vibrer ne serait arrivé. Ce projet a refait surface, un peu plus tard, sous une autre forme. Tu envisageais de te lancer dans la photo de famille aérienne, si j'ose dire. Cela consistait à photographier des maisons et des propriétés et à vendre les clichés à leurs propriétaires.

Le plus savoureux de tes petits métiers, tu as failli l'exercer, tu ne l'as jamais exercé. Mais c'est tout comme, tellement tu y as cru. Et tellement tu l'as raconté par la suite.

Ce métier-là réclamait beaucoup moins de capitaux que le laboratoire photographique, il n'exigeait pas de louer des locaux, se prêtait à des horaires très souples et laissait beaucoup plus de possibilités de s'évader par le voyage. Bref, l'idéal. Et simple à réaliser...

Cela consistait, tout bonnement, à vendre des pommes de terre frites, avec un camion, sur les routes. En particulier aux abords des épreuves sportives. Vingt-quatre heures du Mans, Tour de France, matches importants de la Coupe de football... Et comme tu ne faisais rien à moitié, tu aspirais à révolutionner la frite!

Tu avais rigoureusement calculé le coût de l'investissement à un centime près. On aurait pu te demander le prix de revient d'un gramme de frite. Tu avais tout prévu : essence, kilométrage, usure du véhicule et de la friteuse. Tu avais même pris en compte les tabliers blancs et les couteaux. Quand tu as découvert l'existence des machines à peler les pommes de terre, tu as refait tes calculs. Tu les as refaits encore après avoir étudié la transformation arrière de ta 2 CV : après tout, pourquoi s'encombrer d'un camion? A chaque nouveau devis, le projet devenait de moins en moins coûteux, de plus en plus facile à mettre en service.

Mais il ne s'est pas réalisé...

Pour la première fois de ma vie, tout bien réfléchi, j'ai dit *non* à une de tes entreprises.

Le métier de marchand de frites est très honorable et très utile. Mais je ne me voyais pas passer ma vie auprès de toi à éplucher des patates... A un moment où, provisoirement, tu ne croyais plus très bien en ton étoile, moi je croyais en elle. Pour une fois, j'étais la plus lucide de nous deux.

Des années plus tard, quand la France entière t'a vu jongler avec les hélicoptères de la Chasse aux trésors, tu aimais bien, dans les soirées entre amis, évoquer l'épisode du camion de frites. Surtout quand tu les avais battus au Monopoly.

Tu racontais cet épisode presque vécu avec un luxe de détails et beaucoup d'humour. Tes auditeurs étaient morts de rire. Mais au temps où tu fourbissais ce beau projet, il ne te venait pas à l'idée d'en rire. Au contraire, tu étais très déçu par mon attitude : ce refus d'un métier sûr et rentable retardait notre mariage. Sans doute pour te prouver le contraire, j'ai consenti – bien que non prévenue – à t'épouser quand même et en dépit d'une notable incertitude matérielle!

Ce projet inaccompli me fait souvenir de ce que j'appellerai tes inventions merveilleuses. Par exemple, la plume de stylo permettant d'écrire fin d'un côté et épais de l'autre. Une trouvaille faite au lycée de Versailles, un jour où tu avais laissé tomber ton stylo par terre. Tu parlais d'en proposer le brevet à Waterman. Tu te voyais déjà riche : alors, adieu le lycée! Autre projet mirifique, mûrement réfléchi et pourtant pas au point, le bateau à plusieurs coques. Cet engin, conçu avec ton ami Patrick, aurait été utilisable, sur l'eau, sur terre, dans les marécages : génial pour remonter l'Amazone.

C'était, comme pour le camion de frites, le côté Tintin de ton personnage. La manifestation du mélange de naïveté et d'audace, de candeur et de débrouillardise, de merveilleux et d'épopée qui, au plus profond de toi, inspirait tous tes actes. Le mélange parfois éclatait au grand jour. Mais tu savais, en m'offrant de partager ta vie, que je serais là au moment voulu pour t'aider à remettre les pieds sur terre.

Si j'ai été surprise par la date de notre mariage, je ne l'ai pas été quant au lieu de la cérémonie. C'était évident, nous ne pouvions nous marier nulle part ailleurs qu'à Saint-Malo. Là nous nous étions connus, nous avions partagé nos jeux d'enfants, nos espoirs d'adolescents. Là étaient nos racines. Là encore nos parents respectifs avaient décidé de terminer leur vie; et là, un jour, nous avions décidé d'unir les nôtres.

Pour abriter la réunion de famille, le repas et le bal traditionnels, nous avions choisi La Barre, la maison de ta grand-mère. Elle en a éprouvé beaucoup de plaisir; et tes parents encore plus. Ils avaient fêté eux aussi leur mariage à La Barre, quarante ans avant le nôtre. Cette coïncidence t'avait sûrement encouragé à choisir la date du samedi de Pentecôte. Entre le mariage de tes parents et le nôtre, La Barre n'en avait pas connu d'autre : il était temps que nous intervenions.

Le samedi 28 mai 1977, il faisait très beau, l'air était doux. Tout invitait à la promenade; l'église se trouvait à huit cents mètres de La Barre, nous en sommes revenus à pied, en rang par deux : une vraie noce de village. Et même une procession, tant nous étions nombreux! En comptant seulement nos sœurs et frères, leurs maris et femmes et leurs enfants, on arrivait à plus de quarante. Et il y avait tous les autres parents et les amis.

Quel est mon souvenir de cette journée? Un souvenir merveilleux mais sans le romantisme qu'on décrit à cette occasion dans les romans d'amour. J'ai eu un grand accès d'émotion à l'entrée dans l'église et un autre au moment d'échanger les alliances. Tout le reste se confond dans un tourbillon sonore, fait d'images confuses de gens qui n'arrêtaient pas de m'embrasser, de me dire des tas de choses gentilles; et je m'efforçais de leur répondre par des paroles tout aussi gentilles, et si possible originales.

Pour notre nuit de noces, nous souhaitions un cadre le moins conventionnel possible : pas de clair de lune à Venise... Un des voisins de La Barre possédait un parc garni de petits pavillons sans électricité. Il nous en prêtait un très volontiers, il avait même aidé mes sœurs à l'aménager de façon sympathique. Connaissant l'humour du personnage, et celui de mes sœurs, nous nous attendions à quelque chose de pas triste. C'était le cas.

Le bungalow était gentiment décoré, avec beaucoup de bougies à souffler. Il y avait deux lits, côte à côte. Mais pas au même niveau. Sur ton lit s'étalait une longue chemise de nuit de grand-père et une vieille bible ouverte au Cantique des Cantiques. Sur mon lit, une chemise de nuit, de grand-mère naturellement, et un gros livre de cuisine ouvert à la recette du pot-au-feu. Quel programme!

Le lendemain, nous sommes allés déjeuner chez tes

parents pour fêter leur quarantième anniversaire de mariage. Nous leur avons offert un énorme gâteau avec une inscription de sucre glacé : « Quarante ans après ». Avec ton souci de marquer l'événement et de le mémoriser, tu as photographié les participants, et aussi le gâteau...

Notre voyage de noces, lui aussi, s'écartait des normes. Nous n'avons pas pensé un seul instant à l'Italie, à Venise, à la Côte d'Azur. Nous avions choisi les pays nordiques, en particulier la Suède. Nous nous préparions sans complexe à partir avec ta vieille 2 CV légèrement fatiguée. Mais à l'idée que cette voiture pourrait rendre l'âme dans un pays étranger, une de mes sœurs nous a prêté sa R 5, plus confortable et plus sûre.

Nous trouvions plus économique et plus amusant, au lieu d'aller à l'hôtel, de dormir chaque soir sous la tente. Et tous les soirs, tu photographiais notre chambre à coucher dans son paysage renouvelé : on la retrouve à chaque page de l'album de voyage de noces.

En voyageant seule avec toi pour la première fois [1], j'ai fait une découverte (très souvent confirmée par la suite) : l'impossibilité pour toi de prendre de véritables vacances. Même un voyage d'agrément présentait plus ou moins clairement une finalité professionnelle.

En Angleterre, pendant l'été 1970, quand tu étais valet de chambre, serveur, cuisinier dans un *Bed and Breakfast*, tu avais pour but avoué de gagner un peu d'argent pour financer ton expédition au Sahara avec François Laurenceau : l'agrément venait en dernier.

Au retour de ton troisième voyage au Sahara, le Club Méditerranée t'a proposé un séjour gratuit au Maroc en échange d'une participation à l'animation : tu as présenté, à plusieurs reprises, le film *Trois Roues sur le*

1. Un an plus tôt, au Sahara, nous étions accompagnés des frères Laurenceau.

sable. Le séjour relevait-il des vacances ou du travail? Le jour prévu pour notre retour en France, tu as vu arriver Patrick Segal. Tu tenais absolument à le connaître, sûr de sympathiser avec lui (un espoir confirmé en effet) et tu as donc décidé de rester une semaine de plus. Une semaine entière à ne rien faire? Oh, non : tu as proposé au Club, en échange de cette prolongation, de faire quelques projections-conférences de plus!

Au cours de brèves sorties aux sports d'hiver, nous avions trouvé la station de La Clusaz ravissante. Tu m'as dit : « L'année prochaine, nous reviendrons aux vacances de Pâques avec les enfants, je leur apprendrai à faire du ski. » Nous sommes revenus, en effet, et tu as occupé tout le séjour à tourner un film sur La Clusaz : *le Clocher,* la première production de la société « Passeport bleu... » que tu venais de créer.

Un de nos voyages, je le reconnais, ressemblait presque aux vacances des autres. C'était en août 1985, à la Martinique, aussitôt après le tournage d'un film sur le sauvetage en montagne. Un tournage difficile qui suivait de près la rédaction éprouvante (pour ta famille aussi...) de *J'ai du ciel bleu dans mon passeport.* Après ces deux labeurs, tu ressentais toi-même le besoin de « décompresser ». Tu aspirais à ne plus penser à rien, ne te contraindre à rien. Le repos absolu.

Au départ de Paris, et même à l'arrivée à Fort-de-France, pas le moindre symptôme du virus professionnaliste. Mais au bout de quelques jours, ton tonus revenu, tu as trouvé monotone de faire de la plongée sous-marine pour le plaisir. Tu t'es orienté très vite vers l'exploration systématique des épaves de bateaux englouties depuis l'éruption de la montagne Pelée. Avec l'intention avouée de revenir un jour ou l'autre, et de leur consacrer un reportage.

Tu n'arrivais jamais à te détendre complètement, sauf en Bretagne. Et encore!... Tu découvrais toujours un journaliste local ou une radio libre à satisfaire, la venue d'un Parisien de passage dans la région et prêt à faire un détour pour te parler... Ou bien, toi, tu faisais le détour.

Je me souviens d'une réunion de famille à Saint-Malo, que tu avais provoquée toi-même un an plus tôt. Elle s'annonçait très paisible. Tu l'as brusquement quittée pour partir « à fond la caisse » à Deauville, et rejoindre Claude Lelouch dont la radio signalait la présence là-bas. La veille, tous les médias annonçaient le suicide de Patrick Dewaere, future vedette du film *Edith et Marcel.* Tu m'as dit : « Lelouch n'a pas eu le temps de le remplacer. J'ai une chance de le convaincre de me donner le rôle! » Le rêve interrompu par la démission du cours René Simon reprenait ses droits...

Lelouch connaissait ta renommée et tes exploits physiques dans la Chasse aux trésors. Il t'a tout de même demandé : « Êtes-vous boxeur? » N'importe qui aurait éludé la question en objectant : « Pas plus que Dewaere. » Toi, tu as répondu avec décontraction : « Non. Mais je peux apprendre. Ce ne sera pas long. »

Comme Lelouch restait perplexe, tu as frappé, si j'ose dire, un grand coup. « Je n'ai pas le visage d'un boxeur, je le reconnais. Mais s'il le faut, je veux bien me faire casser le nez! » Pendant ce temps, ta famille attendait ton retour, sans se douter du péril qui risquait de fondre sur nous.

Une autre fois, tu m'as dit, excédé : « Oui, oui, partons pour Saint-Malo. Là-bas au moins nous serons tranquilles. » Un peu auparavant, tu t'étais inscrit à la prochaine course Londres-Paris en ULM. Et voici qu'à cinquante kilomètres de Saint-Malo, il existait justement un centre d'entraînement. Et tu avais si peu de temps pour t'entraîner à Paris... Tu es donc allé à ce centre un jour sur deux, puis tous les jours du matin au soir, ne rentrant que pour dîner et dormir; et encore, pas tous les soirs... Encore des vacances où tu étais là sans y être vraiment. Encore un travail pas vraiment un travail, puisque tu étais en vacances!

Il en a été ainsi jusqu'à la fin.

Fin juillet 1985, dans les heures précédant ton départ de Saint-Malo pour affronter les rapides d'Inga, tu écrivais une préface pour le livre de Gérard Frison *le Ciel t'aidera*. Tu l'as postée de l'aéroport.

Voilà donc le trait de caractère que j'avais découvert dès les premiers jours de notre vie commune, pendant notre lune de miel dans les pays nordiques. Peu de gens pensent au travail durant un voyage de noces. Sauf toi. Bien avant de partir, tu avais pris contact avec des éditeurs d'encyclopédies en leur proposant tes services de photographe. L'un d'entre eux t'avait commandé une photo de hutte lapone. Nous en avons passé du temps à la chercher!... Nous en avons vu des quantités et tu les as photographiées toutes, n'étant jamais sûr d'avoir trouvé la bonne.

Tu as fait encore beaucoup d'autres photographies dans une perspective professionnelle, mais moins précise. Tu projetais de réaliser un reportage en images sur l'épopée du bois. Depuis l'arbre majestueux des forêts jusqu'à la pile de planches dans une scierie, en passant par le radeau de grumes voyageant sur les rivières. Ce sujet t'a inspiré des monceaux de clichés, mais ton perfectionnisme t'a empêché de concrétiser ce reportage : tu ressentais trop les lacunes par rapport au plan projeté.

La photographie professionnelle l'avait largement emporté sur le voyage sentimental. Mais j'étais tellement heureuse d'être avec toi! Et je découvrais, sans en mesurer l'importance, ton art de faire deux choses à la fois.

Et même trois. A la fois lune de miel et reportage photographique, ce voyage dans les pays nordiques a comporté aussi une enquête autobiographique. Tu m'avais parlé d'une amie norvégienne, connue jadis en Angleterre, dans le *Bed and Breakfast* où vous travailliez ensemble, en 1969 ou 1970. A l'arrivée à Oslo, tu m'avais dit : « Elle est très gentille. Ce ne serait pas chic de ne pas lui dire bonjour. Je vais tenter de trouver son adresse. » Moi, évidemment, je n'en voyais pas l'utilité. Ta présence me suffisait.

Tu adorais te retrouver en face de gens perdus de vue depuis des années. Mais elle, huit ans après, serait-elle aussi ravie de te rencontrer, et moi avec?

Mais oui, Jane l'était, son mari aussi. Tu n'exagérais pas, elle était très, très gentille; nous sommes devenues des amies. Elle ne manque jamais de me rendre visite quand elle vient à Paris.

La suite des temps l'a prouvé, tu es doué pour dénicher les objets ou les personnes introuvables. Mais dans ce cas-là, je te soupçonne de ne pas avoir beaucoup peiné pour trouver cette adresse. Tu l'avais sans doute dans ta poche avant de partir de Paris. Mais tu ne voulais pas éveiller ma jalousie, pourtant moins soupçonneuse que la tienne...

Profiter d'un voyage de noces pour partir à la recherche d'une ancienne petite amie : quel gag! Il fallait savoir l'amener. Tu l'as très bien amené. J'en ris encore...

6

Une petite flamme dans la nuit

La Course autour du monde t'avait donné des ailes. La Chasse aux trésors t'a apporté la renommée.

Chaque semaine, huit à neuf millions de personnes regardaient le « Tintin de la télévision française » sauter d'un hélicoptère, courir, plonger, escalader un bouddha géant ou l'arbre sacré d'un temple, pour terminer ruisselant, suant, hurlant avec bonheur : « Je l'ai! J'ai le troisième trésor. Je l'ai! c'est formidable. »

Moi, j'étais simplement l'une de ces huit à neuf millions de personnes. Je partageais leur plaisir et leur joie. Mais nous n'étions pas à armes égales. Les autres spectateurs, après le merveilleux générique musical de la Chasse, fermaient leur poste, rassasiés de rêves, en se disant tout émoustillés : « Qu'est-ce qu'il va bien pouvoir trouver la semaine prochaine? » Moi je me disais : « Quand reviendra-t-il? Dans trois semaines, si tout va bien. Alors, nous aurons huit jours à vivre ensemble, peut-être dix, avec un peu de chance. »

Je passais mon temps à attendre, à espérer, à imaginer une ruse, un prétexte pour, le moment venu, te garder un jour, ou quelques heures de plus. Certains jours j'aurais volontiers échangé tous les prodiges de la Chasse aux trésors, tous les bienfaits matériels qu'elle me procurait, contre un mari que j'aurais pu embrasser tous les soirs quand il poussait la porte de la maison.

Tu le savais, cela te culpabilisait ; alors, chaque fois c'était le même refrain : « Mais organise-toi, occupe-toi, au lieu de t'ennuyer à m'attendre. » J'aurais bien aimé reprendre mon travail de secrétaire de direction, mais tu t'y opposais avec une obstination furieuse : « Ah! ça, jamais! jamais! » Tu gardais un souvenir humiliant de l'époque où je gagnais à moi seule l'argent du ménage. « Maintenant, la Chasse aux trésors nous permet de bien vivre. Il n'y a pas de raison pour que tu travailles. »

« Organise-toi, occupe-toi... » signifiait : « Distrais-toi » et tu avais une idée maritale très précise sur le choix de MES loisirs. « Imite ta sœur Hedwige, c'est une championne d'équitation. Je vais t'inscrire dans un club hippique. » Ou encore : « Je vais t'inscrire dans un club de tir. Tu verras, c'est formidable l'excitation qu'on ressent, quand on touche le centre d'une cible. » Peut-être, mais tout cela ne remplaçait pas l'affection d'un mari.

« Organise-toi, occupe-toi » ne signifiait en aucun cas : « Voyage. » Une fois, en ton absence, j'étais partie avec une amie faire le tour de la Corse ; et une autre fois – tu étais à Paris – un séjour à Venise. La seconde fois, ça t'a presque choqué : nous nous étions promis de mener ensemble une vie et à la moindre occasion je faisais bande à part!

Tu ne concevais pas d'autres voyages pour moi que ma participation aux tiens. Mais, même avec moi, tu te serais ennuyé à mourir à Venise. Et moi, beaucoup des pays dans lesquels ton métier t'entraînait ne m'attiraient pas ; ou, pour des raisons diverses, ils m'effrayaient. Tu aurais aimé me voir t'accompagner le plus souvent possible dans les Chasses aux trésors, comme le faisaient parfois les épouses des techniciens.

J'en ai saisi l'occasion, à trois ou quatre reprises,

quand le plan des déplacements et l'organisation matérielle le permettaient. Je l'ai fait non pas simplement pour avoir le privilège de vivre les moments excitants de l'une des émissions de télévision les plus populaires, mais surtout pour pouvoir passer quelques jours de plus auprès de toi.

Je me souviens d'avoir assisté, et même « participé », à quelques incidents dont les fans de la Chasse aux trésors apprécieront la drôlerie... Je ne parlerai pas de ma venue aux Seychelles et de l'ambiance que nous y avons créée, les autres épouses et moi, tu l'as raconté en détail dans ton livre [1]. Je reconnais avoir eu une mauvaise conduite. Aujourd'hui, je ne suis pas sûre de regretter ce mini-conflit international entre les Seychelles et la France (je veux dire tes employeurs de la télévision) pour cause d'offense à la pudeur des militaires seychellois.

J'ai quand même gardé une image plus romantique des Seychelles. Le lendemain du tournage, le cameraman Jean-Yves Le Mener et toi, vous avez réservé à vos épouses une bien belle surprise. Vous aviez loué, à notre insu, pour quatre jours un superbe voilier de dix-neuf mètres avec son équipage : skipper, cuisinier... Coca (la femme de Jean-Yves) et moi avons failli nous prendre pour des princesses. Par téléphone, nous avions donné rendez-vous à une amie venue de la Réunion pour la circonstance. Elle devait se trouver à telle heure sur une plage déserte des Seychelles. Pas très rassurée, seule dans un paysage de rêve, elle nous a vus surgir de la mer sur notre beau bateau.

Deux Chasses aux trésors ont eu lieu à Ceylan. Dans la seconde, tu nourrissais un jeune éléphant. La première était presque une commémoration, à cause de la séquence basée sur le rocher de Sigirya. C'est l'un des plus beaux sites du monde; j'en garde un souvenir impérissable, je dirai pourquoi. Sur ce rocher, quel-

1. *J'ai du ciel bleu dans mon passeport,* chap. 22.

ques années plus tôt, Jacques Antoine, en vacances, avait découvert le principe de la Chasse aux trésors. Ce détail commémoratif n'avait pas tout à fait déterminé ma présence fortuite. Je n'aime guère partir seule pour des pays lointains. Mais Coca, la femme de Jean-Yves Le Mener, se rendait sur le tournage. Sa compagnie m'a poussée à y venir aussi et à répondre enfin à tes invitations renouvelées.

Nos maris devaient arriver au Sri Lanka vingt-quatre heures après nous. Coca et moi avons pris dans l'hôtel convenu une chambre à deux lits. Nous dormions paisiblement quand Jean-Yves et toi avez fait irruption dans la chambre, avec un jour d'avance.

Tu as proposé de jouer à pile ou face le couple qui devrait céder la place à l'autre. Tu as perdu (nous avons perdu). L'hôtel était comble et la nuit très avancée. Nous avons fini par trouver une chambre à l'autre bout de la ville. Le séjour commençait avec ses imprévus. Il s'est poursuivi de même, mais ce n'était pas pour te déplaire.

Le lendemain matin, Coca et moi vous avons accompagnés à l'aéroport pour dédouaner le matériel de tournage. L'opération a pris une journée entière d'attente et de palabres. Entre un soupir et un bâillement, nous répétions égoïstement que nous perdions notre temps. Avec prudence, nous nous abstenions de le dire à nos maris quand, de temps en temps, ils venaient calmer leurs nerfs auprès de nous.

A la fin du tournage, l'équipe disposant d'un répit de quelques jours avant le tournage suivant, les maris avaient prévu de nous emmener aux Maldives : « un endroit de rêve ». Mais les désagréments ont continué. L'avion privé qui nous transportait n'a pas reçu l'autorisation d'atterrir. Il a fallu faire demi-tour et revenir à Colombo pour y passer le reste de votre temps libre. Tu en as profité pour faire de la planche à voile. Quand tu étais rassasié de ce sport, nous nous trempions dans la piscine de l'hôtel. Dans la mer, nous aurions cuit comme des écrevisses, tant l'eau était chaude.

Entre-temps, l'émission avait été mise en boîte sans trop de difficultés et elle promettait (le cadre magnifique, les trésors bien choisis et bien trouvés) de connaître du succès.

La configuration des lieux ne nous a pas permis d'assister au tournage de la séquence située à l'endroit le plus beau. Mais le lendemain, tu as entrepris de me le faire admirer. On accédait au rocher de Sigirya par un escalier escarpé aux marches très étroites. Arrivée à mi-chemin, prise de vertige, j'ai voulu renoncer à l'escalade. Tu as insisté : « Venir ici et ne pas voir ce qu'il y a de plus beau, c'est ridicule! » Mais tu avais beau insister et argumenter, cela ne supprimait pas le vertige.

Alors la colère t'a pris. Je me suis fait « engueuler », il n'y a pas d'autre mot, comme à l'époque où, raidie sur mes skis, j'hésitais à descendre une pente qui m'épouvantait. Tu m'avais choisie entre toutes les femmes pour partager ta vie, tu m'entraînais jusqu'à Ceylan pour me le démontrer. Et arrivée là, j'étais incapable de communier avec toi dans l'admiration d'un site. Et pourquoi? Par refus de faire l'effort, de vaincre la peur et le vertige. Ce n'était pas de la faiblesse, pour toi, c'était de la trahison!

Une autre séquence de l'émission me laisse, au contraire, un souvenir paisible. Elle se déroulait dans le jardin d'un temple autour d'un arbre sacré, habité par des singes également sacrés. Le trésor consistait à te faire toucher la main d'un singe. Effrayés par le remue-ménage, les singes se dérobaient à toutes tes tentatives amicales.

La veille du tournage, la fille de Coca nous avait rejoints, venant des Indes. En nous installant toutes les trois aux abords de l'arbre à singes, on nous avait bien recommandé de toujours rester dans le dos de Jean-Yves pendant qu'il filmait. Nous avons donc veillé à ne pas apparaître dans le champ. Et nous regardions avec un lâche plaisir les singes se dérober à tes diverses ruses, de branche en branche.

Tu as pu enfin en effleurer un et redescendre sur le sol. Avant de repartir tu as marqué un temps d'arrêt : tes chaussures étaient délacées. La fille de Coca croyant l'émission terminée s'est précipitée pour t'aider à les relacer : à l'image, on sent ta surprise. Heureusement, Jean-Yves a réagi en vrai professionnel. Au lieu d'interrompre l'émission, il a maîtrisé l'incident : il l'a filmé comme s'il s'agissait de l'intervention sympathique d'une jeune touriste.

Du coup, il a opéré un mouvement tournant imprévisible, et en même temps que sa fille, il a filmé sa femme et moi, un peu à l'arrière-plan, pendant quelques secondes. Incident drôle et sans conséquence : aux yeux des téléspectateurs, nous devions être deux braves Anglaises passionnées par l'architecture religieuse cinghalaise. Je le raconte à l'intention de mes petits enfants, pour le cas où ils regarderaient un jour ces images : c'est la seule fois où l'on me voit participer publiquement à tes côtés à une Chasse aux trésors...

Erwann, lui aussi, pourra se vanter d'avoir (presque) participé à une Chasse aux trésors ; toujours parce que tu souhaitais associer tes enfants aussi à tes activités. Tugdual était trop petit pour t'accompagner sur le terrain, mais tu t'étais promis d'y faire venir Erwann à la première occasion. Elle s'est présentée au moment de la Chasse aux trésors tournée à Tozeur, en Tunisie.

Ton frère Jean, domicilié alors à Tunis, se faisait un plaisir de nous héberger. Le voyage, assez court, ne risquait pas de fatiguer Erwann, alors âgé de quatre ans. Il était fou de joie. Il tenait à faire exactement le même voyage que papa. En quittant la maison, nous avons pris le taxi qui t'avait conduit à l'aéroport : tu utilisais toujours le même, commandé la veille. De Paris à Tunis, nous avons pris le même vol que toi. Au départ de Tunis, nous avons embarqué dans l'avion-relais, ce fameux avion chargé de rôder au-dessus des lieux de tournage pour retransmettre à Paris les images et les sons.

Nous étions à quelques minutes de Tozeur quand j'ai vécu l'un des moments les plus fascinants de ma vie. Ta voix a résonné dans la cabine, je ne m'y attendais pas et c'était une sensation absolument nouvelle. Tu m'avais déjà appelée à la maison par téléphone à partir d'un avion ou d'un bateau. Je ne t'avais jamais entendu me parler alors que je me trouvais en plein ciel, j'en étais très émue. Erwann, lui, trouvait cela magique mais non surprenant.

Depuis la tour de l'aéroport, tu nous demandais, tout naturellement : « Où êtes-vous? Dépêchez-vous! Je vous attends. » Avec ton impatience habituelle, tu avais inversé les rôles. C'est ton attente qui créait l'événement, et non pas notre arrivée...

Au sol, tu as déroulé le tapis rouge à ta façon. Au lieu de te précipiter pour nous embrasser, tu as d'abord pris avec un sang-froid professionnel une série de clichés d'Erwann et moi descendant de la passerelle : toujours ton souci de marquer l'événement et de le mémoriser.

Tu tenais à tout faire découvrir à Erwann, à le faire assister à tout, à lui expliquer tout. Et tu étais fou de bonheur de le voir entrer dans ton jeu. Malgré la fatigue, il n'était jamais rassasié de découvertes ou de joies. A moitié endormi, il devenait tout excité à l'idée de monter dans une jeep...

Nous avions deux jours à nous pendant que les techniciens préparaient le tournage. Tu as décidé de montrer le désert à Erwann. Nous avons loué une voiture; en quelques heures elle nous a conduits au seuil de l'immensité des dunes. « Qu'elle est grande cette plage! s'est écrié Erwann, mais, dis, papa, où est la mer? »

Au retour, vers dix heures du soir, la voiture est tombée en panne. Seul avec moi, Erwann se serait montré très inquiet. Mais papa nous protégeait : l'incident devenait une nouvelle découverte. Enfin, nous avons regagné l'hôtel, en stop, entassés à trois dans une bétaillère.

Il est pratiquement impossible d'assister du sol, en continuité, au tournage d'une Chasse aux trésors, en raison de la mobilité de l'action et de la rapidité du déplacement. J'ai donc prié René Denis, responsable de l'émission de Tozeur, de nous placer à l'emplacement du trésor le plus intéressant. Il m'a fait promettre de ne rien te dire qui puisse te faire deviner la nature du trésor. On escomptait une réaction de surprise de ta part. En effet, René pouvait y compter. L'énigme, rédigée par lui, consistait à « embrasser Messaoud » quand tu l'aurais trouvé. Elle omettait de préciser que Messaoud n'était pas un humain mais un long serpent apprivoisé. Un python lové dans un panier fermé, posé sous un arbre, attendant que tu soulèves le couvercle pour lui donner un baiser.

René Denis ignorait ton aversion physique pour les serpents, même apprivoisés. A la vue du python, je te savais capable de projeter au loin le panier et son contenu, ou de l'écraser à coups de pierres.

Ces révélations ont rendu René Denis très inquiet. Nous étions au milieu de l'après-midi. D'ici au lendemain matin, il n'avait pas le temps de concevoir une nouvelle énigme, de préparer le terrain, de modifier le matériel mis à la disposition des candidats en studio à Paris. A force de tourner et retourner la question dans tous les sens, il nous est venu l'idée d'un complot pour te familiariser avec le serpent, et surtout pour souligner son caractère inoffensif.

Le serpent habitait un zoo situé à quelques kilomètres de l'hôtel. Je t'ai amené sans peine à le faire visiter à Erwann. Jean-Yves Le Mener, membre du complot, s'est joint à nous. Quand le gardien nous a montré le serpent, j'ai demandé hypocritement :

– Est-il dangereux?

– Non, madame, le python est un animal inoffensif pour l'homme, et celui-ci est apprivoisé.

– Vous croyez qu'on peut le toucher sans qu'il réagisse?

– Oui. D'ailleurs les visiteurs le prennent autour de leur cou et se font photographier avec lui. Tenez, donnez-le à l'enfant, vous ferez une belle photo.

L'enfant n'était pas très ravi de la proposition. Jean-Yves s'est dévoué (pourtant il n'aimait pas beaucoup les serpents). Il a posé le reptile sur ses épaules et t'a demandé bravement de le photographier. La suite s'est déroulée comme prévu. Pour ne pas décevoir Erwann, tu as imité Jean-Yves : à ton tour de faire des efforts!

Il ne nous restait plus qu'à espérer : peut-être, demain, reconnaîtrais-tu cet aimable serpent?...

Le lendemain, au milieu de la matinée, un assistant est venu nous prendre, Erwann et moi. Au dernier moment, comme convenu : le soleil, déjà, frappait fort. En pleine campagne, il nous a placés derrière un petit mur. L'ombre était maigre, mais de là nous pouvions, sans être vus, voir Messaoud ou plutôt le panier le contenant. Il était au frais sous un arbre, lui.

Pour un quart d'heure d'attente (on prévoyait au plus une demi-heure), je n'avais pas jugé utile de me munir, comme je le fais d'habitude, de gâteaux secs et d'une boisson. Au bout d'une demi-heure, d'une heure, d'une heure et demie, pas de nouvelles de toi. L'émission avait commencé en retard et, à Paris, les candidats s'étaient perdus dans de fausses pistes.

Il était midi, la chaleur devenait insupportable. Pour la première fois, Erwann démissionnait. Mort de soif, de faim, de fatigue, il renonçait à l'objet même de sa venue en Tunisie. Il renonçait à voir papa tourner. Il demandait à rentrer à l'hôtel. Oui, mais il fallait marcher pendant cinq kilomètres. Seule, j'aurais pu, mais avec Erwann, et en plein soleil, je n'y arriverais pas.

L'attente devenait très pénible, quand enfin l'hélicoptère de la Chasse aux trésors s'est annoncé : seule manquait la musique du générique. L'espace semi-désertique se peuplait d'enfants surgis on ne sait d'où.

J'avais recommandé à Erwann de ne pas t'appeler et de rester caché, pour ne pas troubler la prise de vues. Soit. Mais il voulait chasser ces enfants qui te suivaient et allaient gâcher le film de papa. Il ne comprenait pas que lui seul était interdit de caméra et que ces petits Tunisiens appartenaient au décor.

Je pense que, à un moment, tu nous as aperçus. Tout au moins, tu as enregistré notre image. Mais dans l'excitation – je devrais dire : la transe – qui s'emparait de toi pendant les tournages, tu ne reconnaissais personne.

De loin, on voyait tes lèvres remuer mais on ne percevait pas tes paroles. Par contre, quand tu as soulevé le couvercle du panier (avec un net mouvement de recul), j'ai distinctement entendu – les téléspectateurs aussi : « Ah! les vaches! »

En un éclair, tu as reconnu l'animal et compris le pourquoi de notre visite au zoo. Malgré ta répugnance pour la viscosité de la peau de serpent, tu as fait une bise à ce copain de la veille. Plus tard, quand nous avons pu parler de notre machination, tu l'as approuvée. Je ne me trompais pas sur ta réaction : pris de court, tu aurais cogné sur cet honnête reptile avec tout ce qui te serait tombé sous la main.

Aussitôt l'émission terminée, Erwann t'a appelé. Tu l'as emporté dans tes bras jusqu'à l'hélicoptère. Tu voulais lui faire toucher le fuselage encore chaud. Dans un brouhaha, techniciens, assistants, enfants et villageois se précipitaient vers l'hélicoptère. Et moi, je restais seule à l'écart.

Je m'interrogeais sur l'attitude à prendre. Avais-je droit à une place dans l'hélicoptère? René Denis m'enverrait-il une voiture pour me ramener à l'hôtel? Ou devrais-je y rentrer seule et à pied? Heureusement, un assistant envoyé par toi est venu me dire de monter dans l'appareil.

Quand la Chasse se déroulait dans un pays lointain, et surtout exotique, la Thaïlande ou Ceylan, par exemple, le taux d'écoute, face au film de TF 1, grimpait jusqu'à 26 et même 28 %. Quand l'émission avait pour cadre la Suisse ou l'Italie, il retombait à 22 %, et quand il s'agissait d'une région française à 21 ou 20 %.

De toutes les Chasses aux trésors que j'ai vues, sur le petit écran ou sur le terrain, ma préférée méritait bien 28 % d'écoute; et pourtant, elle avait pour cadre une ville française : Saint-Malo.

Cette émission a fait naître chez quelques millions de téléspectateurs une émotion intense. Mais cette fois, je n'étais plus une spectatrice; malgré moi, je me suis sentie impliquée dans l'émission. Dans la dernière partie, ma vie était suspendue à la tienne. J'ai compris ce jour-là que pour faire vibrer les autres, tu mettais en jeu ta propre vie.

J'ai renoncé à te voir casser un sablier historique dans les rochers et évoluer dans le décor magnifique du Mont-Saint-Michel. La présence d'un parachute dans ton matériel de départ ne me laissait pas d'illusions : tu allais sauter en plein ciel, et très certainement dans des conditions difficiles : on appelle ça un exploit.

Le moyen le plus sûr, le plus précis de suivre le déroulement de cet exploit était de m'installer dans la station de base, à côté du réalisateur et des techniciens chargés de la retransmission. Là, je pourrais suivre en direct ton dialogue avec Paris et tous tes préparatifs. La station de base campait souvent dans des lieux de fortune. Aujourd'hui, elle était installée dans le bar de l'Aéro-Club de Blanche-Roche.

Mes parents et les tiens habitent Saint-Malo : cette émission devint naturellement un événement familial. Ils m'accompagnaient et m'entouraient, un peu à l'arrière du réalisateur penché sur sa console. Si j'avais eu des doutes sur les dangers encourus, la vue des visages des techniciens m'aurait détrompée. Mon inquiétude s'est accrue quand j'ai appris la nature de l'exploit. Tu ne devais pas exécuter un simple saut à 2 500 mètres, à partir d'un hélicoptère; tu devais rencontrer un autre parachutiste provenant d'un avion, et il devait te remettre, en plein ciel, une clé.

Pour cela, il vous fallait renoncer à ouvrir vos parachutes et, tout en tombant, vous rapprocher l'un de l'autre, en battant des bras et des jambes. Mais par ailleurs, sous peine de vous écraser, il vous fallait ouvrir vos parachutes à 1 500 mètres du sol au moins. Je savais que tu ouvrirais le tien le plus tard possible; en tout cas, pas avant d'avoir reçu la fameuse clé. Une seule fausse manœuvre et vos deux existences voleraient en éclats.

Je tentais de me rassurer en apprenant l'identité de l'autre parachutiste : Benoît Claire, un champion breveté et médaillé. Et de plus un de tes amis : tu allais avoir une sacrée surprise en le retrouvant là-haut! Mon optimisme n'a pas duré. J'ai vu les techniciens, tendus déjà, le devenir encore plus. Une difficulté imprévue et inexplicable se produisait. La station de base ne recevait pas d'images. Nous suivions l'émission en direct, mais seulement sur le plan sonore. Et le son nous a brusquement trahis. Nous t'avons entendu parler de l'éventualité d'un saut, décrire l'approche d'un avion vers ton hélicoptère et, brusquement, ta voix s'est tue.

Nous entendions les candidats t'interpeller en vain, depuis les studios de Paris. Tu ne leur répondais pas. Pas de réponse non plus aux appels de plus en plus angoissés lancés par la station de base. Pourquoi ce silence! Avais-tu renoncé à sauter? Ou, sans rien dire, avais-tu tenté et raté ton saut? Peut-être l'hélicoptère éprouvait-il des difficultés de vol, que tu préférais nous cacher?

Les téléspectateurs ont éprouvé eux aussi, ils te l'ont écrit, une rude émotion. Mais eux savaient, l'émission n'étant pas diffusée en direct, qu'elle s'était bien terminée. Au moment le plus crucial, les images et les sons leur révélaient un déroulement normal des opérations. Mais nous, à la station de base, livrés à une incertitude opaque malgré l'appui d'une technique de communication sophistiquée... Qu'on imagine les longues et silencieuses minutes d'angoisse...

Quel soulagement d'apprendre ton retour sur terre, sain et sauf. Bientôt tu as été là, dans mes bras, et prêt à « relire l'émission » avec l'équipe. Cela consiste à visionner les images, de façon à pouvoir recommencer aussitôt une prise de vues, si elles sont défectueuses.

Sur l'écran de contrôle, quand je t'ai vu sauter sans parachute, j'ai poussé un cri. Pourtant c'était du passé, tu étais sauvé, à côté de moi. Ton bras a même pressé affectueusement mon épaule. Mon attitude était irrationnelle, mais il est des émotions qu'on ne peut s'empêcher d'exprimer.

Avec ton sens de l'enchaînement, tu as pris l'initiative qu'il fallait pour réchauffer l'ambiance. Tu as entraîné tes parents et les miens dans l'hélicoptère, pour une visite aérienne de Saint-Malo.

Mon père, officier de carrière, était familier de ce genre d'appareils, et ma mère un petit peu. Pour tes parents, c'était un événement! Ils l'ont savouré avec une joie et des réactions d'enfants en reconnaissant leur maison, celle de ta grand-mère, l'église, un jardin ami.

C'est sans doute un des plus beaux cadeaux qu'ils aient reçu de toi, et un exemple de ta façon d'agir. Tu n'aimais pas ces offrandes d'objets standardisés imposées à dates fixes par le calendrier. Ce que tu offrais, au moment suggéré par les circonstances et non par les convenances, était adapté à la personnalité des autres, très révélateur de la tienne. Et c'était toujours quelque chose d'introuvable dans le commerce.

Voilà mes Chasses aux trésors les plus marquantes, et qui représentent autant de voyages avec toi. J'ai réservé pour la fin mon voyage le plus émouvant :

n'ayons pas peur des mots. Un voyage d'amour en tout cas.

Le 30 octobre 1977, tu es parti pour la Course autour du monde, l'émission vedette d'Antenne 2. Pour la première fois une chaîne de télévision te donnait le moyen de réaliser ton rêve : voyager et revenir pour raconter. Tu pourrais t'exprimer, faire des films, les montrer à la France entière, fournir la preuve que tu avais raison d'avoir foi en toi.

Je mesurais très bien la nécessité, l'importance de ce départ, la chance unique qu'il représentait pour toi, pour nous. Mais quatre mois de séparation, pour un jeune couple à peine constitué, c'est long. Pendant cent vingt jours, j'allais me retrouver seule, chaque soir, dans une ville de banlieue où tu avais tes habitudes, mais encore étrangère pour moi.

Pendant la même période, tu allais affronter l'improvisation permanente, les difficultés renouvelées, l'angoisse de ne pas filmer les sujets qu'il faudrait, et surtout la solitude. Le pire des maux pour toi, l'homme du dialogue, de la communication, des échanges, habitué aux voyages en copains, aux amitiés agissantes et solidaires.

Tu t'étais promis d'économiser sur tes frais de voyage et de séjour, pour m'envoyer de quoi prendre un billet d'avion. Je pourrais te rejoindre à mi-parcours, pendant quelques jours. Et après des semaines, tu m'as écrit fièrement : « J'ai réussi à ne passer aucune nuit à l'hôtel. Voici une partie de l'argent pour ton billet, viens me rejoindre en Nouvelle-Calédonie. J'arriverai à Nouméa la veille de Noël. »

Tu avais choisi Nouméa en raison de divers « points de chute ». Ton frère Jean nous recommandait à un de ses amis, médecin, susceptible de nous héberger. Et c'était sur ton chemin : venant d'Amérique du Nord et du Sud, tu te dirigeais vers l'Indonésie, puis vers l'Afrique et l'Europe. Moi, venant d'Europe, j'arriverais par l'Afrique et l'Inde. Nous partions des deux côtés du monde.

Philippe en 1956 : au milieu de ta grande, très grande famille. (D.R.)

Avec les scouts dans le Vercors en 1965, c'est déjà toi la vedette. (D.R.)

En compagnie d'un ami, sur ton vélo tout neuf. (D.R.)

A la fin des années soixante, quand tu souhaitais déjà que tes rêves deviennent les miens. (D.R.)

La fameuse « triplette ». (D.R.)

Ta « Jawa » 350 fascinait aussi les enfants. (D.R.)

Pendant ton service militaire en 1973. (D.R.)

« La Barre » : la maison de famille où tu passais tes vacances bretonnes. (D.R.)

Ta « petite grand-mère » toujours dynamique. (D.R.)

« Tchang » ou « Bronson » ? (D.R.)

Enlisé en plein Sahara. (D.R.)

Sur la route de N'Djamena en 1974. (D.R.)

Septembre 1981 : portrait de famille. (Photo Melet/Parents.)

Dans la cuisine flambant neuve, papa et maman posent pour Erwann. (D.R.)

Toujours photogénique. (Photo Patrick - Ch. Robert/ Sipa Press.)

Enfin tous les trois, après la Chasse aux trésors à Tozeur (Tunisie) en 1982. (D.R.)

Avec un de tes admirateurs au cirque de Gavarnie. (Photo Martine Dussert.)

Philippe et Erwann en pleine complicité. (D.R.)

Aux portes du désert. (D.R.)

En vol au-dessus de ta Bretagne. (Photo Patrick - Ch. Robert/Sipa Press.)

Philippe, tu m'as encore fait peur ce jour-là. (D.R.)

Enfin les pieds sur terre. (D.R.)

Un grand moment de la Chasse aux trésors. (D.R.)

Un réaliste dans les nuages. (D.R.)

En plein travail d'écriture. (D.R.)

« Pourquoi papa a-t-il le droit d'écrire sur les livres ? » se demande Erwann. (D.R.)

Ton passeport d'écrivain. (Photo Frédéric Meylan/Interpress.)

*Toujours l'aventure... rêvée ou vécue. (Photo Richard Jeannelle/*Paris-Match.*)*

Pleins feux sur l'artiste. (D.R.)

*Enfant parmi les enfants. (Photo Marc Seguin/*Télé-Poche.*)*

Lors de la journée de l'Ile-de-France en juin 1984. (Photo Conseil Régional de l'Ile-de-France.)

Déjeuner avec les pêcheurs martiniquais en août 1984. (D.R.)

Enfin en vacances ! (D.R.)

Ta dernière course dans le Star Racing Team en juillet 85, avant de repartir au Zaïre. (D.R.)

*Essai du radeau pneumatique sur la Seine avant le départ pour l'Afrique, avec Erwann et Tugdual. (Photo Serge Lansac/*France-Soir.*)*

*L'équipe d'Africa-Raft. De gauche à droite : Angelo Angelini, François Laurenceau, Philippe, Guy Collette, Marc Gurnaud, Lucien Blockmans, Richard Jeannelle, André Hérault. (Photo Richard Jeannelle/*Paris-Match.*)*

*Philippe fête ses 34 ans, entouré de Marc Gurnaud et François Laurenceau. (Photo Richard Jeannelle/*Paris-Match.*)*

moby dick
Video 8

*Aventure et reportage n'ont toujours fait qu'un pour Philippe. (Photo Richard Jeannelle/*Paris-Match.*)*

Erwann joue au reporter. (D.R.)

Une halte sur les bords de la Rance avec Tugdual en juillet 1985. (D.R.)

Le sourire d'Anaïd. (D.R.)

En famille. (D.R.)

A l'occasion de ce voyage, j'ai signé le premier gros chèque de ma vie : le billet aller-retour coûtait quinze mille francs. Je n'avais jamais fait, toute seule, de voyage aussi long : près de vingt heures d'avion.

Dès le départ, mon aventure commençait mal. A Roissy, j'ai failli rater l'avion. Heureusement, l'équipage était retenu dans le même bouchon que moi. On a donc retardé le décollage d'une demi-heure. A mon débarquement à Nouméa, la douane m'a confisqué TON cadeau de Noël : un énorme saucisson qui m'avait coûté une fortune. Tu en étais privé depuis trois mois... L'ami qui devait m'héberger et me réceptionner n'était pas là, il n'avait pas reçu ma lettre. Je me souviens de cette attente, déphasée et angoissée, dans un aéroport absolument vide après l'arrivée du dernier avion.

Enfin, il a fini par me rejoindre et le lendemain nous sommes allés te prendre à l'aéroport. Nous avons pu, ainsi, passer le jour de Noël ensemble. Théoriquement du moins. Nous étions en fait victimes de deux décalages horaires contraires : l'un parfaitement réveillé quand l'autre tombait de sommeil.

Ce n'est qu'après avoir terminé ton « travail de reporter » que tu nous as accordé une récréation. Nous avons pris un bateau de la marine nationale, chargé d'enfants, pour aller retrouver nos forces à l'île des Pins. Un endroit de rêve : un bungalow et une plage ombragée de cocotiers, pour nous tout seuls. Baignades au clair de lune... Un lieu de séjour très romantique pour les amoureux du bout du monde.

Tu as mis tout de même quarante-huit heures avant d'oublier la Course autour du monde. Tu tenais à me raconter en détail tes mois de voyage. Tu t'inquiétais de ce qui se passait à Paris, de l'accueil fait à tes films, de la production de tes concurrents, des réactions du jury.

De retour à Nouméa, tu avais retrouvé ton tonus. Tu étais tout excité parce qu'on y parlait des menaces d'un cyclone. Quelle chance! tu allais en voir un de près. Et tu te moquais bien des dangers possibles. « Mais non, tu verras, nous irons dans l'œil du cyclone. » Pas de chance – pour toi – le cyclone est passé plus loin que prévu.

Les itinéraires définis au départ permettaient à certains des candidats de la Course de se croiser. Tu avais déjà rencontré Didier Régnier et tu attendais la venue de Jérôme Bony [1] à Nouméa. Vous souhaitiez vous concerter pour éviter de choisir des sujets trop voisins.

Jérôme a mis une semaine à te localiser. Voyant filer le temps, il a tourné un sujet à sa guise. Et toi aussi, de ton côté. Vous retrouvant enfin, vous avez constaté que vous aviez traité le même sujet : les éleveurs de bétail. Cela ne vous a troublés ni l'un ni l'autre : aux producteurs de l'émission de se débrouiller pour la diffusion! Je ramenais dans ma valise des souvenirs merveilleux, mais surtout tes films et ceux de Jérôme. Il m'a dit, en me tendant sa cassette pour que je la ramène à Paris : « Ne la jette pas par le hublot, c'est mon film qui est le meilleur! »

Oui, déjà l'heure du départ... Départ en deux temps : le même avion nous a conduits jusqu'à Djakarta : pour moi, une simple escale technique; pour toi, une porte de sortie vers l'inconnu et la solitude. On n'arrivait pas à se quitter; au prix de quelques sourires et palabres, tu as obtenu l'autorisation de partager mon attente dans la salle de transit.

Par le hublot de l'avion, je t'imaginais me faisant de longs adieux depuis la terrasse de l'aéroport. La nuit finissante m'empêchait de te distinguer mais tu étais là. Pour que j'en sois sûre, tu allumais et éteignais sans cesse la flamme de ton briquet.

J'étais dans le même avion, assise à la même place, mais le siège voisin – le tien – restait vide. Je t'imagi-

1. Didier et Jérôme sont aujourd'hui reporters au journal télévisé d'Antenne 2.

nais déjà dans les rues de Djakarta, tirant tristement ta cantine à roulettes derrière toi, au milieu d'une foule indifférente. Ton séjour à Djakarta, tu me l'as dit plus tard, a été l'un des plus cafardeux de tout le voyage.

Dans la nuit qui m'emportait, je continuais à fixer l'image finale et ineffaçable de ce voyage, de ce cadeau de Noël : une petite flamme dans la pénombre, qui meurt et renaît sans cesse, comme un espoir fragile et inlassable.

7

J'ai deux papas

Quand notre fils aîné Erwann était plus petit, il disait fièrement de toi : « J'ai deux papas. » Il ne manquait jamais d'ajouter : « Un papa est dans le poste de télévision, et l'autre dans la maison. »

Il ne comprenait pas très bien « comment il fait papa pour entrer dans le poste de télévision ». Et il était encore plus troublé quand il voyait ses deux papas à la fois, l'un dans le poste, occupé à courir à la recherche d'une casquette ou d'une vieille montre, et l'autre tranquillement assis devant le poste en train de regarder la Chasse aux trésors. Quand Erwann racontait cet étrange phénomène à ses petits copains, ils le prenaient pour le roi des menteurs...

Un autre sujet d'enchantement pour Erwann a été la cassette sonore de Ceylan. A chacun de tes voyages tu lui adressais à lui et à son frère Tugdual une lettre symbolique : ils étaient bien en peine de la lire. Alors, à Ceylan, où j'étais venue partager tes quelques jours de répit entre deux chasses, tu as eu l'idée de lui adresser une « lettre parlée ».

Grâce à ton magnétophone de poche, tu lui as raconté ce que tu venais de faire, tu lui parlais de Ceylan et tu commentais aussi sa vie à la maison avec moi, en ton absence. J'ai rapporté cette lettre parlée à Erwann dont la réaction a été très amusante. Son papa n'était pas à la maison, c'est sûr. Mais il lui parlait. Donc Erwann pouvait lui répondre, comme au téléphone.

Quand tu lui disais : « Je sais que tu es très gentil et que tu joues sagement avec maman avant d'aller te coucher », il ne pouvait pas s'empêcher de corriger : « Je ne joue pas avec maman, elle est dans la cuisine. » Ou : « Je ne vais pas me coucher, je vais à l'école. » Pour m'amuser, j'ai repassé cette cassette de temps à autre : les réactions d'Erwann étaient toujours aussi spontanées et cartésiennes.

Erwann avait bien besoin de ce papa double pour se revaloriser auprès de ses camarades d'école. Car ce papa souffrait d'une carence énorme et, pour son fils, humiliante. « Pourquoi papa n'a pas de bureau? Pourquoi il ne va pas à son bureau comme les autres papas? » Il se rongeait d'inquiétude devant cette grave infirmité. Certains jours où les petits copains la soulignaient lourdement, Erwann aurait volontiers échangé ce père en double contre un père unique, mais capable de quitter la maison tous les matins à la même heure pour aller s'asseoir dans les bureaux d'une compagnie d'assurances ou d'une entreprise d'import-export.

Erwann s'était senti mieux, quand au moment de la création de la société Passeport bleu, tu as transformé la chambre d'amis en bureau. La vue de la table de travail, de la lampe de bureau, des étagères garnies de dossiers l'a rassuré. Il avait même le privilège, inconnu des petits copains, de pouvoir rendre visite à papa pendant qu'il était à son bureau. Il a déchanté quand tu as commencé d'écrire *J'ai du ciel bleu dans mon passeport*. Interdiction de te déranger, de te parler, alors que tu étais présent à la maison pendant des heures entières, alors ça, vraiment, ça le dépassait.

De toutes tes activités : reportages, télévision, chasses aux trésors, disque, sauts en parachute, etc., c'est l'écriture de ce livre qui t'a le plus marqué.

Parce que c'était l'occasion d'un bilan permettant de

prouver aux autres et surtout à toi-même que tu ne t'étais pas trompé sur tes choix, faits souvent contre l'avis de tout le monde. Et aussi parce que c'était, parmi tes entreprises, la plus exceptionnelle, celle à laquelle rien, dans ton éducation ou dans ta personnalité, ne t'avait préparé.

Tu étais capable de te dépenser intensément, de forcer le destin, de tout risquer mais en le faisant très vite. Tu es l'homme des actions et des décisions immédiates. Et pour réussir à terminer ce livre, il t'a fallu des mois de patience, te forcer à rester concentré et immobile, sans exploser, sans même bouger, pendant des centaines d'heures. Je ne t'en aurais jamais cru capable. Les lecteurs de ton livre ne se doutent pas qu'en l'écrivant, tu as battu le record de tous tes records.

Cela a été très dur pour toi. Et pour ta famille aussi. Au printemps 1986, j'ai annoncé à notre ami Francis Lacassin que, après bien des hésitations, j'acceptais la proposition des éditions Grasset de te consacrer ce livre. Indifférent à la conversation, Erwann jouait avec Tugdual. Il a bondi : « Ah! non, ça ne va pas recommencer!... Maman, je ne veux pas que tu écrives un livre! Quand papa écrivait le sien, il n'avait pas le temps de s'occuper de nous. » Et persuadé maintenant de ton caractère unique, il a même ajouté : « Pourquoi veux-tu faire tout ce que faisait papa? »

Tu adorais les enfants – les tiens et ceux des autres. Et tu adorais jouer avec eux ou leur apprendre à jouer; leur enseigner des jeux qu'ils pouvaient ensuite continuer tout seuls ou avec leurs copains. Ce que tu préférais par-dessus tout, c'était leur apprendre la nature.

Au cours des balades dans les bois, tu leur apprenais à construire des cabanes (avec lesquelles ils pouvaient rêver à leur guise), à escalader des arbres, à fabriquer un lance-pierres.

Le jour de ses six ans, Erwann avait invité des petits

copains à goûter. Comme il restait du temps avant les agapes, tu as voulu les emmener se promener dans les bois. L'heure du goûter a sonné : personne. L'après-midi s'est avancée, la nuit tombait (on était en décembre), toujours personne. J'imaginais le pire, un enfant perdu et introuvable...

Pas du tout. Comme chaque fois que tu t'abandonnes à l'enthousiasme, et que tu réussis à le communiquer aux autres, tu avais perdu la notion du temps; seule la tombée de la nuit te l'a rappelée... Tu as réussi à faire oublier à ces enfants, jusqu'au moment où ils sont rentrés, qu'ils étaient fatigués, qu'ils avaient faim et peut-être froid. Le goûter leur a paru un festin. Erwann prétend que c'est la plus belle de ses sorties avec toi.

Erwann et Tugdual appréciaient ce genre de sorties beaucoup plus que n'importe quel somptueux jouet. Tu leur en offrais peu toi-même, car c'étaient des cadeaux trop standardisés. Tu aimais leur offrir à l'improviste, sans intention préconçue ni motif – sinon de leur faire plaisir –, des jouets fabrication maison.

Par exemple, une petite table basse, à l'échelle des enfants. C'était très mignon, mais trop simple. Alors, pour l'animer – c'était ton expression – tu as planté des chevilles et des anneaux dans un coin. Ce meuble-jouet n'avait pas de finalité précise, mais les enfants l'ont beaucoup apprécié.

Je me souviens encore d'un jeu que tu avais imaginé, à partir de trois fois rien, pour éveiller l'intelligence et l'observation chez Erwann, quand il était tout petit. Nous n'avions pas beaucoup d'argent, tu étais alors cameraman pigiste au journal télévisé d'Antenne 2.

Je me demandais pourquoi tu ramenais à la maison des « bobinos » récupérés dans les corbeilles des salles de montage. En argot de l'audiovisuel, les bobinos sont des noyaux en plastique, sur lesquels on enroule les bobines de films. Ces noyaux sont percés de façon à pouvoir enfiler les bobines sur des broches.

Sur une planchette en bois, tu avais fixé trois tiges,

chacune peinte de la même couleur que celle des bobinos : jaune, verte, noire. Erwann devait enfiler, sans se tromper, les bobinos sur la tige de la couleur correspondante. Ce jouet rudimentaire et éducatif l'a beaucoup plus passionné que la voiture téléguidée que tu lui avais offerte... à l'âge de neuf mois. Ce gadget était alors une nouveauté; c'est surtout toi qu'il amusait. En réalité, c'est à toi que tu avais offert ce camion, et tu invitais Erwann à partager ton plaisir.

Dès qu'il a été un peu plus grand, tu as voulu l'intéresser à tes activités et les lui faire partager. Je me revois, anxieuse, sur la plage de Saint-Malo, guettant la planche à voile sur laquelle tu évoluais, avec pour passager Erwann, âgé de quatre ans; il ne savait pas nager. Mais tu étais sûr de toi; tu ne l'aurais pas emmené s'il y avait eu le moindre danger. Au contraire de moi, Erwann était très rassuré : papa lui avait dit qu'il n'y avait aucune raison d'avoir peur.

Mais malheur à lui s'il avait peur quand tu lui disais qu'il ne courait aucun danger. A son premier voyage en hélicoptère, Erwann était terrorisé par le bruit de l'appareil et surtout par la porte ouverte. Tu ne comprenais pas son désir violent de changer de place. En ayant peur, il manquait de confiance en toi!

Finalement, je préférais les jeux plus classiques, où tu te montrais un enfant parmi d'autres enfants. Je pense à ces réunions et fêtes de famille où, à peine échangées les habituelles politesses, tu te retrouvais du côté des enfants. Oubliant le reste de la parenté, tu organisais de grandes parties de ballon. Tes petits neveux en gardent un souvenir émerveillé, mais c'est peut-être toi qui t'amusais le plus, tu n'étais qu'un gamin plus grand que les autres.

Il ne fallait surtout pas gratter beaucoup ton vernis d'adulte pour retrouver l'enfant que tu n'avais jamais cessé d'être. Il me revient un exemple amusant : un jour, je m'en souviens, tu as allumé un feu dans le jardin pour brûler des branches mortes : pour d'autres pères, une simple opération de nettoyage. Mais les enfants te regardaient faire. Alors tu as fait du feu le centre d'un jeu improvisé, tu les as déguisés avec deux plumes, des ceintures de feuillage. Et de la fenêtre, j'ai vu danser autour du feu trois Indiens : un grand et deux petits.

C'était encore une réaction de gamin qui te prenait parfois. Quand, ton fardeau devenu trop lourd, tu le rejetais dans un accès de ras-le-bol : « Y'en a marre. Demain, j'annule tous mes rendez-vous et tout ce que je devais faire. On ira se promener dans les bois avec les enfants. – Mais, Philippe... Erwann ne peut pas manquer l'école, c'est important. – Oui, mais se promener avec son père, c'est aussi important, et il apprendra dans la campagne autant de choses qu'à l'école. »

Je m'en aperçois seulement aujourd'hui : tu avais raison de les faire profiter de toi quand il en était temps. Tu as quitté tes enfants au moment où ils devenaient encore plus intéressants et prêts à prendre de nouvelles leçons de toi. Heureusement, tu leur avais déjà beaucoup appris. Des activités pratiques, comme jouer au ping-pong ou à la crapette (ils sont aussi mauvais perdants que toi), nager, skier, dessiner, faire des photos ou manipuler le matériel audiovisuel. Surtout, tu leur as appris à observer, aimer, s'enthousiasmer.

Quant à leur avenir, tu disais : « Nos enfants feront ce qu'ils voudront pourvu qu'ils le fassent avec passion. » Par contre, tu n'aurais pas aimé qu'ils soient indécis ou ne sachent pas à quoi se destiner. Comment être sûr qu'ils feraient le bon choix? « Il suffit de les aimer et de leur apprendre à s'éveiller, ils se définiront tout seuls. »

Tu as écrit dans un article [1] : « Comment peut-on se mettre à deux pour ne faire qu'un enfant? Pour moi,

1. « Faites des enfants », article paru dans *le Meilleur* du 24 août 1985. Mais ce texte avait été rédigé à l'automne 1984.

c'est illogique, c'est d'entrée un échec dans la vie [...] Ceux qui peuvent, pourquoi ne pas en vouloir quatre, cinq ou six? »

Toi, tu en voulais au moins quatre. J'étais moins convaincue; il me semblait que le troisième enfant que nous attendions nous suffirait.

Pour marquer notre attachement à la Bretagne, nous avons voulu donner à nos enfants des prénoms bretons. A l'origine, cependant, nous pensions prénommer notre premier fils Iférouane. C'est le nom d'un village que nous avions rencontré pendant notre traversée du Sahara, cette sonorité magique nous plaisait.

Puis nous avons craint que porter un nom de village puisse lui valoir plus tard des moqueries. Encore que l'auteur du *Livre de la jungle*, Kipling, ait pour prénom le nom du lac d'Écosse, le lac Rudyard, devant lequel ses parents se sont fiancés.

Nous nous sommes rappelé le prénom breton Erwann dont la prononciation *Erouann* est très proche de celle d'Iférouane. Nous avons donc décidé qu'après Erwann ses frères et sœurs porteraient des prénoms bretons. Erwann était un saint très honoré en Bretagne, mais moins célèbre que Tugdual, le saint patron de notre second fils. Saint Tugdual est honoré dans plus d'une dizaine de lieux de culte, il est l'un des sept saints du pèlerinage de Tréguier. Selon la légende, il s'est dévoué pour tuer un dragon qui surgissait de la mer pour se nourrir d'honnêtes chrétiens.

Je ne désirais pas savoir à l'avance si notre troisième enfant serait un garçon ou une fille, je préférais la surprise. Je t'ai laissé libre de demander au gynécologue ce qu'il en était. Mais tu as préféré t'en abstenir : tu aurais été incapable de garder le secret... Nous avons donc dû envisager un prénom masculin et un prénom féminin.

Dans le cas d'un garçon, j'aimais bien Brieuc (encore un saint breton), mais toi pas : cela faisait à nouveau nom de ville. Roch, mais cela faisait chien. Mériadec, mais tu trouvais que cela faisait aéroport de Bordeaux (Bordeaux-Mérignac). Gwendal, mais c'était un peu long, et on risquait d'abréger en Gwen, ce qui n'était pas beau. Corentin, à la rigueur, faute de mieux; mais tu te faisais fort de décider, si cela avait été un garçon.

Nous étions arrivés facilement à un accord, au cas où nous aurions une fille.

Nous avions une Anaïd dans nos relations; ce prénom était original et tu avais remarqué qu'il reproduisait le mien à l'envers. Alors nous l'avons retenu. Mais si un garçon nous était arrivé au lieu d'une fille, cela m'aurait posé, vu ton absence, un cas de conscience : nous n'étions tombés d'accord sur aucun prénom.

Pour chacun de nos fils, tu avais imaginé des faire-part originaux; nos amis s'en souviennent peut-être. Ce soir, pour notre petite fille, le plus beau que je puisse lui offrir, c'est de t'envoyer son sourire.

Tu étais très fier d'être breton : « Les Bretons on en rencontre partout autour du monde », disais-tu. Et pourtant, mise à part la région de Saint-Malo, tu connaissais la Bretagne surtout à travers la vision de ton père, un pur Breton né à Plougastel-Daoulas. Mais tu te proposais de la visiter en détail, kilomètre par kilomètre, dès le premier jour de ta retraite. Après seulement, tu continuerais par la visite du reste de la France.

La Bretagne, tu l'aimais à cause de tes souvenirs d'enfance, et parce que là étaient tes racines. Et puis il y avait aussi le souvenir, l'exemple de ta grand-mère. Avec ta mère, c'étaient les deux femmes les plus importantes de ta vie. J'espère avoir été la troisième!

Pour ta grand-mère, tu avais plus que de l'affection, tu avais de l'admiration. Pour sa force de caractère, pour le courage avec lequel, jeune veuve de la guerre 1914-1918, elle avait élevé ta mère et ton oncle. Pour son acharnement à préserver et conserver la Barre, la maison qui représentait pour elle *la famille*, au sens sacré du terme. La Barre qu'elle avait sauvée de la destruction en 14-18, et qu'elle avait vue occupée par les Allemands en 1939-1945.

Comme tu étais le dernier de ses petits-fils et qu'elle avait plus de temps à te consacrer, elle avait un faible pour toi. Elle disait : « Philippe, c'est l'énergumène de la famille », et il y avait dans ce jugement beaucoup d'admiration et de tendresse.

Dès que tu arrivais à Saint-Malo, ton premier souci était d'aller visiter celle que tu appelais la « petite grand-mère ». Tu savais que sa présence ne serait pas éternelle. Cette petite femme menue, toujours vêtue de noir ou de gris, les cheveux blancs bien tirés en arrière sous le chapeau qu'elle portait toujours en public – tu l'adorais. Tu ne cessais de l'embrasser, de lui « faire des câlins ». Tu avais envie de la protéger, et même de la porter dans tes bras : tu en mourais d'envie, mais tu n'as jamais osé le faire. Tu aurais pu la porter sur des kilomètres tant l'amour que tu avais pour elle la rendait légère.

A chacun de tes voyages, tu lui envoyais des lettres tendres, respectueuses, jamais banales. Tu cherchais toujours les mots propres à lui faire partager tes impressions, les images propres à la faire rêver. Parmi tes lettres, j'en choisis une que tu as écrite auprès de moi, pendant notre traversée du Sahara. Elle est datée de Touggourt, le 14 juillet 1974 :

Ma chère Grand-Mère,

Touggourt, une des grandes oasis du Sud. Palmeraie à perte de vue, irrigation perpétuelle... Les pieds dans l'eau, à l'ombre des palmes, nous passons le temps des heures chaudes. Le Paradis terrestre n'existe pas, mais parfois il existe presque; malheureusement, il est trop court. Nous sommes passés par la Kabylie, mais pas sur le chemin de la tante bonne sœur.

Ce soir nous partons pour Ouargla. Puis se sera Hassi-Messaoud, In Amenes et Djanet.

Les voitures roulent bien et tous les gens sont étonnés en les voyant. Ils rigolent en lisant les inscriptions peintes dessus. Les Algériens sont vraiment très accueillants. Ils discutent volontiers avec vous de leur pays, des Français face à la France... Ils ne refusent pas la discussion et sont très francs.

Depuis hier, les herbes ont laissé la place à cette immense mer que le soleil brûle de 6 à 18 heures.

Les parents ont dû déjà arriver à la Barre pour leurs vacances. Je pense que tout se passe bien. Avez-vous eu d'autres visites?

Si, à tout hasard, vous avez l'occasion de rencontrer des amis de Saint-Malo, vous serez gentille de leur transmettre mon bon souvenir.

Par moment on aurait vraiment envie de se trouver sur la digue, ou alors de partir pour un pique-nique au cap Fréhel.

J'espère que tous les frères viendront vous voir les uns après les autres. Lorsque nous sommes partis de Viroflay, Hugues et Ghislaine devaient être à la Barre. Je pense qu'ils ont passé une semaine agréable.

Ma chère Grand-Mère, lorsque je vous écrirai à nouveau, je serai de l'autre côté du Sahara.

Je vous embrasse affectueusement,

Philippe.

Quand la petite grand-mère est morte, en mai 1981, tu l'as photographiée sur son lit de mort. On t'a reproché cette initiative, maladroite. Elle avait simplement pour but de fixer un ultime souvenir.

Une de ses dernières joies a été de savoir que tu apparaissais sur l'écran de la télévision. Elle a pu voir quelques Chasses aux trésors. Les maux de l'âge, le froid, les horaires, ne lui ont pas permis de les regarder régulièrement.

Mal remise d'une mauvaise fracture, elle avait cédé la Barre et vivait dans une maison de retraite. Fidèle à ses devoirs religieux, elle redoutait la messe du dimanche matin dans la grande chapelle, trop froide.

Elle suivait donc la messe du samedi soir, à l'oratoire, plus exigu et mieux chauffé ; c'était à l'heure où l'on diffusait la Chasse aux trésors. Entre Dieu et son petit-fils, il y avait un choix à faire, mais il était fait.

Au moment ou la Barre disparaissait de ton paysage affectif, une autre maison, à quelques kilomètres de là, allait t'offrir un nouveau point d'ancrage : la Taplachotte, la maison où tes parents se sont installés pour leur retraite. Ils lui ont donné ce nom en mémoire de ton frère Guy. Quand il était tout petit et qu'on lui demandait où il habitait, il répondait « Taplachotte », pour : 4, place Hoche.

Au début, la Taplachotte ne représentait rien pour toi, c'était une maison inconnue, mais tu t'y es attaché très vite. Et d'abord, dans cette maison, tu as vu renaître ton père. Toute sa vie, il s'était tué au travail pour vous élever, tes frères et toi, et vous assurer une vie décente. Il avait toujours connu beaucoup de soucis et peu de vacances. Enfin délivré des contraintes matérielles, libre de son temps, il a pu s'épanouir, se donner le plaisir d'avoir son champ personnel où il faisait ses expériences agricoles, faire des balades à bicyclette dans sa chère Bretagne, se sentir enfin chez lui.

Toi aussi, à la Taplachotte, tu te sentais chez toi, et tellement bien que souvent, à peine arrivé, tu t'endormais comme un bébé. Jocelyn, l'animateur de la version italienne de la Chasse aux trésors, vous avait donné à tous des surnoms d'après les sept nains de Blanche-Neige ; le tien était « Dormeur ». Il t'avait bien jugé, j'ai rarement vu quelqu'un capable de s'endormir comme toi, d'un seul coup, n'importe où, n'importe quand.

C'était parfois gênant et drôle. Un peu après notre mariage, nous avions été invités par mon patron. Je t'ai vu fermer les yeux à table, entre deux plats. J'ai juste eu le temps de te rattraper avant que tu plonges dans ton assiette.

Souvent, quand nous passions des soirées chez des amis, tu disparaissais sous prétexte d'aller aux toilettes, ou d'aller chercher des cigarettes dans ta veste. En réalité, tu allais te jeter sur le premier lit venu, pour cinq ou dix minutes, pensais-tu. Et tu étais très étonné d'avoir dormi pendant une heure et plus, quand je venais te réveiller au moment de partir. Parfois même tu t'endormais sur place, bien enfoncé dans un canapé, sans te soucier de la musique ou des conversations autour de toi.

Tu vivais sans cesse sous pression, en proie à une hyper-activité. Dès que cette pression se relâchait, quand tu te sentais au calme quelque part, tu décompressais brutalement en tombant dans un sommeil profond.

Tes parents te voyaient peu souvent. Ton arrivée à la Taplachotte était pour eux une fête. Ils avaient hâte d'entendre le récit de tes voyages. Nous arrivions généralement un peu avant le déjeuner. Ta mère avait confectionné de bons petits plats, de beaux gâteaux. Mais tu n'avais pas la patience d'attendre le dessert pour t'allonger. Ta mère avait beau dire : « Goûte-le, je l'ai fait avec de la vraie crème de lait », tu répondais que tu goûterais son dessert à quatre heures, après la sieste.

Quelquefois, conscient qu'il fallait faire plaisir à tes parents, tu ne quittais pas la table avant la fin du repas. Ta mère, rassurée, allait chercher le café. Quand elle revenait, cinq minutes plus tard, tu dormais déjà, allongé dans l'herbe, sur le tapis de la salle à manger ou dans le hamac rapporté d'Amérique du Sud. Ces sommeils improvisés provoquaient les moqueries de tes frères. J'entends Hugues te dire : « Eh bien, si tes fans te voyaient!... Et les téléspectateurs qui te regardent courir sur leur écran, et te croient infatiguable! »

Quand tu étais bébé, par contre, tu ne voulais jamais dormir la nuit. Ta mère m'a raconté avoir passé des nuits blanches à te porter dans ses bras, sans pouvoir t'endormir. Tu t'es rattrapé depuis...

Tu étais bien éveillé, mais le bras cassé, à la première « réunion de famille » à laquelle tu assistais, en 1956, à l'âge de cinq ans, sur les genoux de ton grand-père Paul de Dieuleveult. Ces réunions de famille rassemblent tous les dix ans les descendants du seul François-Marie de Dieuleveult, dernier porteur du nom en 1821.

Tu n'étais pas à celle de 1976, que tu as saluée par télégramme depuis la Martinique : une escale avant le raid moto Caracas-Rio de Janeiro. A cette réunion étaient venus deux cent cinquante personnes.

A la réunion de 1986, qui s'est tenue le 24 août à La Flèche, dans les locaux de l'école du Prytanée, nous étions cinq cent vingt Dieuleveult, sur près d'un millier. La liste exacte est remise à jour tous les dix ans à l'occasion de la réunion de famille; elle constitue un annuaire établi et publié par Alain de Dieuleveult.

En 1986, c'était la première réunion de tes fils, et particulièrement de Tugdual, âgé de cinq ans comme toi lors de ta première réunion familiale. Une fois de plus, tu étais absent; et pourtant nous n'avons pas cessé de ressentir ta présence. Tu as été la vedette de ce grand rassemblement, quand ta cousine Chantal de Dieuleveult a interprété devant nous tous cette chanson dont elle a écrit les paroles et composé la musique :

L'AVENTURIER DE L'IMPOSSIBLE

Toi, l'aventurier de l'impossible, le Tintin de la télévision,

Reporter au courage invincible, puisque Dieu le veut, nous y allons.

Oh! Philippe, mon cousin, parfois le courage ne sert à rien.

Tu avais du ciel bleu dans ton passeport, tu courais la chasse aux trésors,
T'époumonant comme un beau diable,
Sympathique, dynamique, toujours au bout de l'effort, le sourire au vent, infatigable,
Tu disais mon cousin : moi, demain j'irai plus haut, plus loin.

Mais la gloire et la fortune, l'argent, les joyaux de lune ne peuvent changer le destin.
Sur Jupiter, sur la Lune, sur les vagues, dans les brumes, endormi peut-être dans le vent ? Quel est ton chemin, ton pays ?
Es-tu roi de quelque galaxie ?

Sûr, t'as hissé la grand-voile, tu vogues dans les étoiles, dans ton « hélico » tu es si beau !
La petite fille, petit trésor, tout doucement attend l'aurore, ton retour, elle y croit encore,
Et cette chanson, ce refrain, pour dire à bientôt, on t'aime bien.

Toi, l'aventurier de l'impossible, le Tintin de la télévision,
Reporter au courage invincible, puisque Dieu le veut, nous y allons.
Oh ! Philippe, mon cousin, parfois le courage ne sert à rien. [1]

1. Cette chanson fait l'objet d'un disque édité en octobre 1986 par J. J. S. Productions. Ce disque contient le poème *la Jeunesse* (voir p. 74), dit par Philippe de Dieuleveult.

8

Escales

Ces deux dernières années me semblent une succession de départs et de retours entrecoupée des épisodes plus ou moins brefs de la vie commune. J'ai même l'illusion que les départs ont été plus fréquents que les arrivées, sans doute étaient-ils plus pénibles et m'ont-ils plus marquée?

Chaque départ, pendant dix ans, donnait lieu au même rituel. Deux jours au moins avant la date fixée, je trouvais, grande ouverte au beau milieu du parquet de notre chambre, LA valise. Toujours la même, avec ton nom inscrit en relief sous la poignée : tu ne te fiais pas aux étiquettes.

A quelques-uns de tes retours, très rarement, j'ai ouvert LA valise. Par contre, je ne me souviens pas d'avoir fait LA valise. Cela ne m'est jamais arrivé. Pour faire correctement LA valise, tu ne te fiais qu'à toi-même. C'était agaçant, car cette valise annonciatrice de notre séparation restait béante et vide jusqu'au dernier moment. Totalement vide à part quelques sachets de quinine : mais elle les contenait en permanence, de même que ta trousse de toilette, l'étagère du lavabo, les tiroirs de ton bureau. Sujet à des accès de paludisme, tu voulais pouvoir les stopper dès les premiers symptômes.

C'est seulement le matin du départ, vers quatre

heures et demie, cinq heures, que tu te décidais à faire LA valise. Malgré cette précipitation, longuement retardée, tu n'oubliais jamais rien. J'en conclus que pour agir – même lorsque cela se réduisait à remplir une valise – tu avais besoin, pour le faire correctement, d'être sous pression.

Dans le rituel du départ entrait également l'angoisse. La veille, au réveil, il t'était impossible d'avaler une bouchée ou une gorgée de quoi que ce soit. Et tu aurais très facilement sauté les deux autres repas, si je n'avais été là pour t'en empêcher. Cette angoisse traduisait ta peur de ne pas être à la hauteur de ce que tu allais entreprendre (Chasse aux trésors ou reportage...). Heureusement, elle t'abandonnait dès ton arrivée sur les lieux de l'action.

Quelques jours ou quelques semaines plus tard, alors que l'objectif, ou le travail, était accompli, alors que la joie du retour aurait dû t'envahir, l'angoisse à nouveau t'agrippait. Vingt-quatre heures à l'avance, et avec les mêmes symptômes; mélancolie, absence d'appétit. Cette angoisse en sens contraire ne s'apaisait qu'au moment où, à peine franchie la douane, tu m'appelais au téléphone.

Cette angoisse du retour, également très pénible pour toi, était la séquelle d'un douloureux événement familial survenu en septembre 1973. Tu revenais tout joyeux de ta deuxième traversée du Sahara avec François Laurenceau et Benoît Claire. Votre voiture a stoppé rue Jean-Mermoz, devant vos deux maisons mitoyennes. Entendant le bruit de vos voix, ta mère s'est précipitée vers toi, et sans préliminaire ni autre explication, elle t'a dit : « C'est Guy. »

Dans la famille Dieuleveult, on est économe des grands mots et des démonstrations publiques. Ces deux mots, et le visage de ta mère, ne te laissaient aucun doute : Guy, celui de tes frères le plus proche de toi, était mort.

François Laurenceau, soupçonnant quelque chose de

grave, est rentré discrètement chez lui. Ses parents lui en ont donné la confirmation : Guy de Dieuleveult avait trouvé la mort dans un accident de voiture quelques semaines plus tôt. Tes parents, ne pouvant te joindre et sachant qu'il te serait impossible de revenir en temps utile, ne t'avaient pas parlé de la mort de Guy dans la lettre que tu avais trouvée à la poste restante. Ils craignaient de gâcher la fin de ton voyage.

François commentait encore la nouvelle avec ses parents et avec Benoît Claire quand la sonnette a retenti : c'était toi. Tu venais chercher Benoît pour le ramener en voiture chez lui, comme vous l'aviez prévu. Benoît a essayé de t'en dissuader, vu les circonstances, mais pour rien au monde tu n'aurais voulu montrer ton chagrin en renonçant à ce qui avait été convenu.

Malgré ce stoïcisme, tu souffrais cruellement. Un chagrin partagé avec d'autres, lorsqu'ils sont à l'unisson, est moins pénible à porter. Ta famille, malgré son affliction, avait repris son rythme de vie, toi, tu prenais le choc de plein fouet. Il t'a laissé une véritable blessure psychique; mal cicatrisée, elle se rouvrait à chacun de tes nombreux retours en France.

Les spectateurs de la Chasse aux trésors ne se doutent pas de ce qu'il t'en coûtait, parfois, pour paraître gai et disponible au cours du jeu qui les ravissait. En novembre 1984, au moment où tu partais tourner une série de Chasses aux trésors, ma mère, dont tu as toujours été très proche, se trouvait entre la vie et la mort.

Sachant que nous ne te préviendrions pas, tu avais fait promettre à un de nos amis de t'alerter si le pire survenait. Il avait tenté d'objecter : « Mais, Philippe, ça ne servira à rien, tu ne pourras pas revenir... – Non, mais au moins je saurai; je préfère avoir mal en même temps que les autres. » Heureusement, maman a surmonté l'épreuve, sa maladie n'est plus qu'un mauvais souvenir.

Tes départs, tes voyages, je me plaignais de leur

fréquence. Pourtant, il m'aurait été difficile, à moi aussi, de vivre sans cesse au contact de ta personnalité, tellement forte, tellement égocentrique. A toi, la séparation te permettait de vivre pleinement des activités que j'aurais été incapable de partager; à moi, elle me laissait libre de réaliser ce que je ne m'accordais pas le temps de faire quand tu étais là.

La première semaine se passait très bien. Je la consacrais à des activités qui ne t'attiraient pas et à voir de préférence les gens avec lesquels tu avais peu d'atomes crochus. La deuxième semaine, je commençais à ranger la maison, puis à mettre en ordre les papiers que tu avais été obligé d'abandonner en vrac. La troisième semaine, un certain vide s'installait : nous commencions vraiment à t'attendre. Au-delà de trois semaines, ton absence était de plus en plus difficile à supporter. Tu le savais, mais tu ne pouvais pas toujours en tenir compte.

Depuis longtemps, nous avions décidé d'un commun accord : plus d'aéroports. Les adieux dans ces grands aquariums nous étaient trop pénibles; et ils se reproduisaient trop souvent. Je ne venais pas non plus t'accueillir à l'aéroport. Entre le moment où tu me téléphonais ton arrivée et ton retour effectif à la maison, il se passait parfois des heures, voire même une journée : cassettes à déposer, films à faire développer, matériel à rendre, contacts et rendez-vous urgents... Un soir où, pour fêter ton retour, j'avais préparé un dîner aux chandelles, tu n'es finalement rentré que très tard dans la nuit. Tu as été très étonné de me trouver endormie dans mon lit, et non pas la tête posée sur la table entre les deux chandelles du dîner refroidi...

Mais une fois rentré dans les lieux, tu voulais que le cours de la vie reprenne comme s'il n'avait pas été interrompu, comme si ton absence n'avait duré que le temps d'un soupir. Ce n'était pas aussi simple! Ton départ cassait le rythme de la vie familiale, il fallait se réadapter. Et ton retour le cassait à nouveau : les enfants, pour profiter de ta présence, ne se pliaient plus aux mêmes horaires; et leur comportement avait évolué.

Par exemple, à un de tes retours, tu fus choqué de voir Erwann se servir de la chaîne hi-fi. Mais pendant les quatre semaines où tu n'étais pas à la maison, il avait appris à la faire marcher. Eh oui, ton fils, profitant de ton absence, s'était permis de grandir.

Quand tu revenais à nous, moi je rêvais de vivre une grande fête pour marquer la fin de mon hibernation. J'avais envie de prendre ton bras et de m'écrier : A nous deux Paris! Et pour commencer, d'aller au restaurant et au spectacle et, pourquoi pas, dans le monde : réceptions, vernissages, cocktails... Toi, purifié de toutes tes velléités aventureuses, ta fringale de bougeotte étant rassasiée, tu aspirais à n'être plus qu'un père de famille, content de se retrouver chez soi et d'y rester.

De temps en temps, tu m'as procuré des moments féeriques : notre invitation au mariage d'Eddie Barclay, une soirée élégante à l'Opéra, la nuit des élections américaines, pénétrer dans le poste de pilotage d'un appareil d'Air France au moment où il allait se poser à New York.

En général, la tasse de thé, ce n'était pas ton genre. Tu n'aimais pas les dîners bon chic bon genre, les réceptions où grouille le Tout-Paris, les mondanités où il faut sourire et paraître s'intéresser à tout. Tu préférais les dîners entre copains, et surtout ceux que tu donnais chez nous : tu « t'éclatais » en toute liberté.

Tu souhaitais toujours que la soirée passée chez nous soit, pour nos invités, marquante. Ils ont été servis, si j'ose dire, un soir où tu étais monté dans la chambre pour y chercher je ne sais quoi. Au lieu de redescendre par l'escalier, tu as sauté du haut de la mezzanine et atterri à quelques centimètres des invités déjà à table. Ils s'en souviendront longtemps.

D'habitude, tu préférais les étonner en faisant claquer un fouet ramené du Gran Chaco. On croyait entendre un coup de feu, amplifié par le silence de la nuit. Je protestais : « Philippe, tu as vu l'heure? Et nos voisins? – Ils sont sympas, et puis ça n'arrive pas souvent. »

A un réveillon du Nouvel An, tu avais invité des copains mariés et d'autres qui ne se décidaient pas à l'être. Tu as décidé d'unifier la situation et même de constituer des couples... Grâce à un jeu très simple. Sur un vieux drap de lit, tu avais peint, « grandeur nature », un marié et une mariée, reconnaissables à leurs vêtements. A la place de la tête, un trou par lequel chacun devait passer la sienne et se faire photographier ainsi : les mariés de la Saint-Sylvestre.

Marié et père de famille, tu continuais à cultiver cet art du déguisement avec lequel tu divertissais la petite bande de Saint-Malo. Au mariage du parrain de Tugdual, tu as fait une arrivée sensationnelle, déguisé en « sous-marinier de la guerre des Malouines ». Ta tenue se composait d'une combinaison de saut parachutiste, avec deux bouteilles à oxygène sur le dos et, sur la tête, une casquette achetée en Amérique du Sud à un policier de la *guardia civil*.

Je me souviens encore d'une soirée costumée dont le thème était les stations de métro. Le costume adopté devait suggérer le nom d'une station. Mon frère Louis était vêtu de blanc des pieds à la tête : Louis-Blanc. Deux de mes sœurs avaient résolu le problème en s'habillant de façon identique : duplex/ Dupleix. Un ami portait un smoking et un nœud papillon classique : c'était son anniversaire : Quatre-Septembre...

Tu préférais ces blagues et soirées entre copains à toutes les réceptions auxquelles ta célébrité récente pouvait te donner accès. Le succès ne te faisait pas oublier les amis, pas même les très anciens amis.

Un jour, tu as rencontré Michel, un de tes anciens

camarades d'école, il était également ton voisin quand tes parents habitaient rue Jean-Mermoz.

A cette époque, de sa fenêtre, il te regardait avec inquiétude, en train de t'entraîner dans ton jardin. Avec inquiétude car il était candidat avec toi à une épreuve de gymnastique. Après l'avoir perdu de vue depuis quinze ans, tu as donc rencontré Michel dans la rue et tu l'as traité comme si tu l'avais quitté la veille. Toujours le besoin de nier l'écoulement du temps, le désir de reprendre le cours de la vie comme si rien ne s'était passé entre-temps.

Tu l'as invité à prendre un verre à la maison le lendemain. Comme il arrivait, le téléphone a sonné, un appel important, mais tu as répondu : désolé, je ne peux pas vous parler, j'ai donné rendez-vous à un ami. Michel – il me l'a dit tout récemment – a été très touché par ton attitude. Elle était pour toi très naturelle et je pourrais en donner beaucoup d'exemples. Un jour, dans une rue de Versailles, tu as « pilé ». « Regarde, là-bas, cette dame qui traverse, c'est mon ancien prof de maths! » Tu m'as entraînée sur le trottoir, à sa poursuite, pour la saluer. Elle a été ravie et surprise de cette marque de courtoisie : tu n'étais pas le plus discipliné de ses élèves!

Non, tu n'étais pas « bêcheur », ni oublieux. Mais, même resté simple et chaleureux de contact, il te fallait pourtant te protéger contre certains inconvénients de la popularité... Un jour, nous étions sur la plage de Saint-Malo. En maillot de bain, une pelle à la main, tu construisais un château de sable pour Erwann et Tugdual. Trois ou quatre enfants t'ont remarqué, ils hésitaient à te reconnaître : « Philippe est plus baraqué que lui... – Non, il est pas plus baraqué, il est plus grand. »

A leur arrivée, je m'apprêtais à prendre une photo et, à l'appel de ton prénom, tu devais regarder l'objectif. Si je criais « Philippe », ils allaient te reconnaître. Pour conjurer ce danger, je suis allée te proposer, à voix basse, de t'appeler « Jacques » le moment venu. Ce que j'ai fait. En te voyant répondre à ce prénom, tes admirateurs se sont détournés, dégoûtés de leur méprise.

Ce n'était pas très gentil de notre part, mais ces enfants appartenaient à une colonie de vacances qui s'étalait sur la plage. Je savais qu'ils se seraient tous agglutinés autour de toi pour obtenir un autographe... et mes enfants à moi n'auraient pas pu terminer leur château de sable!

C'est bien l'unique fois où tu as repoussé l'amitié, ou un signe d'amitié des autres. Pendant les séances de dédicace de ton livre, je t'ai vu en signer six cents exemplaires à la suite. En ayant chaque fois un regard ou un mot aimable pour la personne qui te présentait son exemplaire.

Le succès n'a pas changé ton approche des êtres. Ni ton mode de vie. Tu es resté fidèle à tes habitudes frugales. Après des années de vaches maigres, la Chasse aux trésors nous a procuré un confort matériel : sans luxe, ni domesticité... Te trouvant très heureux dans notre petit pavillon de banlieue, tu ne voyais pas l'utilité de l'échanger contre un « appartement de standing » à Neuilly ou au faubourg Saint-Germain. Jamais l'aisance financière n'a déclenché chez toi une frénésie de dépenses et d'achats. Tu as conservé les mêmes meubles, sans même te décider à changer, autour de la table de la salle à manger, les chaises de jardin en bois dont le contact paraissait rude à certains invités aux habitudes douillettes.

Tu ne t'es pas mis à fréquenter les restaurants à la mode ou les relais gastronomiques. Tu as écrit dans ton livre que, pendant ton reportage avec Patrice Franceschi au Tchad, vous emportiez pour toutes provisions un grand sac rempli de beignets : tu n'as pas dû beaucoup en souffrir... A peu près indifférent à la nourriture, tu ne faisais pas d'effort pour découvrir la cuisine des pays que tu visitais. Ton plat préféré, celui dont tu ne t'es jamais lassé : du café au lait avec des tartines beurrées.

Tu n'avais ni hobby, ni passions, à part les quelques objets curieux qu'on ramène des pays lointains. Tu collectionnais, il est vrai, les timbres-poste (mais tu n'en achetais pas), les pièces de monnaie et billets de banque étrangers (mais seulement ceux te restant après tes voyages). C'est tout. Ah non! j'oubliais ta collection de chapeaux : elle remplit toute une malle. Des chapeaux achetés en voyage, presque toujours avec une arrière-pensée de déguisement. Au retour du Gran Chaco, tu t'es promené pendant trois mois dans Paris, coiffé d'un chapeau de vaquero.

Tu pratiquais le tir, mais il ne te venait pas à l'idée d'acheter ou de collectionner les armes à feu. Tu adorais la moto, mais tu ne jugeais pas rentable d'en posséder une, compte tenu du peu de temps que tu passais à Paris. Tu pilotais des voitures de compétition, mais tu roulais tous les jours dans une vieille 4 L, fatiguée. C'est assez drôle lorsqu'on pense que tu as aidé un pilote de course, Alain Michel, à expérimenter un *back-car*. C'était, si j'ai bien compris, un engin ressemblant à un side-car, combinaison d'un avant de moto et d'un arrière de voiture.

Parler de tes voitures personnelles, c'est tout un poème! Un grand principe : c'étaient *toujours* des voitures françaises. J'ai d'abord connu, au début de notre mariage, une brave vieille 2 CV. Impétueuse au départ, elle se fatiguait vite et faiblissait en route. On partait, on ne savait jamais quand on arriverait, ni même si on arriverait... Souvent il fallait descendre, tourner la manivelle et la pousser pour l'encourager. Cette voiture était maintenue en vie grâce aux soins du docteur-mécanicien François Laurenceau. Il n'hésitait pas à mettre ses mains dans le cambouis, sinon nous aurions été réduits à nous déplacer avec les transports en commun.

Cette 2 CV s'est complètement retournée une nuit, en

revenant d'Orléans. Un peu sonné, mais indemne, tu es ressorti, tu l'as tirée, poussée, remise sur ses roues, puis tu es tranquillement rentré à la maison.

Avec la 2 CV, nous avons déménagé de l'appartement de ma sœur, rue Saint-Lambert dans le XVe, à notre appartement de Viroflay. Cela a nécessité de nombreux voyages qui l'épuisaient, et elle a fini par se rebiffer. Elle nous a honteusement abandonnés, sur le quai de Javel, avec tout notre chargement. Tous nos efforts pour la convaincre de repartir étant vains, nous avons dû rentrer par le train. Et puis, à notre tour, nous l'avons abandonnée : à la naissance d'Erwann. Nous ne voulions pas nous risquer, avec lui, à voyager dans une voiture peu fiable, traversée de courants d'air, et où la pluie tombait comme par une passoire.

Tu as donc acheté une Simca 1100. C'est pour la conduire que je me suis présentée au permis en candidate libre. Tu ne voyais pas pourquoi je serais passée par une auto-école, puisque toi tu t'en étais dispensé : et d'ailleurs, tu m'avais appris à conduire au Sahara. Même pas très jeune, la Simca 1100 représentait un progrès par rapport à la 2 CV. Et même s'il lui arrivait de se faire prier pour prendre le départ. Le soir, par prudence, nous la garions au sommet d'une rue en pente, pour lui faciliter les choses le lendemain matin.

La 4 L lui a succédé. Tu en étais très fier : « Ma première voiture neuve ! » Pour cette raison, tu n'as jamais voulu la revendre. Je la considère, moi aussi, comme un membre de la famille. Elle le restera tant qu'elle tiendra sur ses quatre roues.

Pour la soulager, et dans la perspective de l'agrandissement de notre vraie famille, tu t'es décidé à acquérir une Espace. Après quelques mois d'hésitation, tu as fait cet achat le 30 juillet, un jour avant de repartir pour le Zaïre. Comme tu n'arrivais pas à la rentrer dans le garage – tu étais pressé et tu croyais revenir dans huit jours – tu l'as laissée devant la porte du jardin. Et tu as récolté une contravention; je l'ai retrouvée, jaunie sous l'essuie-glace, en rentrant à Viroflay, un mois plus tard.

Pur produit de l'éducation Dieuleveult, tu n'étais pas dépensier. Tu étais économe. En aucun cas avare ou amoureux de l'argent pour lui-même. Ce qui t'importait le plus était de t'exprimer, d'agir dans le champ de l'aventure et du voyage. Gagner de l'argent venait très loin derrière. Tu ne faisais aucun effort pour en gagner plus, à partir du moment où tu en avais assez pour nous assurer une existence confortable.

Après la naissance d'Erwann, j'avais repris mon emploi de secrétaire de direction. Tu m'as obligée à l'abandonner dès que la Chasse aux trésors s'est révélée rentable. Puisque nous avions de quoi vivre, pourquoi irais-je travailler? Non, non et non. A diverses reprises, tu as refusé des propositions très avantageuses, en échange desquelles on te demandait très peu, trop peu justement.

Par exemple, tu as refusé 300 000 francs (trente millions de centimes) offerts par une biscuiterie en échange de l'autorisation de mettre ta silhouette en costume rouge sur l'emballage de boîtes de gâteaux secs. Cette proposition heurtait gravement l'un des principes de l'éducation Dieuleveult, sur lesquels tu n'as jamais transigé : on ne doit recevoir que ce qu'on a mérité, on ne peut jouir que de ce qui récompense un effort. Gagner de l'argent en faisant rêver la France entière, d'accord. En gagner encore plus en échange d'une image sur des paquets de biscuits, c'était, selon ton code des valeurs, commettre l'équivalent d'une escroquerie.

Cet argent que tu ne dépensais pas ou si peu, c'était pour tes enfants. Tu ne voulais pas avoir à leur dire un jour : « Ce que tu me demandes là, tu le mérites, mais je ne peux pas te l'accorder parce que, malheureusement, je n'ai pas d'argent pour le faire. »

Tes rares dépenses « inconsidérées » étaient faites, presque toujours, pour les autres. A l'occasion de cadeaux : mais alors tu les faisais à contretemps. Tu avais horreur des cadeaux de circonstances : anniversaire de la naissance ou du mariage, fêtes du calendrier... Noël, pour toi, ne signifiait rien, et surtout pas les huîtres, le foie gras ou les cadeaux-surprises. Tu ne voyais pas pourquoi nous devrions offrir des jouets aux enfants le jour de Noël plutôt qu'un autre jour. Au dernier moment, tu finissais par sacrifier au rite : les enfants se seraient sentis frustrés, humiliés par rapport à leurs camarades d'école. Cela leur a valu, pour un certain Noël, de défaire dix ou douze petits paquets, chacun contenant une marionnette différente.

Quand, rarement, tu te pliais aux « bons usages » et convenances, le résultat était... inattendu. Un jour, à Saint-Malo, tu allais rendre visite à ma mère en compagnie de Dominique Leviet, mari de ma sœur Sabine. Comme vous passiez devant un fleuriste, Dominique a suggéré l'achat d'un bouquet de fleurs. Un rapide coup d'œil sur la vitrine et la vendeuse t'a enveloppé le bouquet que tu lui désignais. Tu as été étonné de voir maman le déposer sur une table. « Vous ne les mettez pas dans un vase? » Maman a éclaté de rire : tu lui offrais des fleurs artificielles, et tu ne t'en étais même pas aperçu...

C'était bien là une manifestation de cet égocentrisme dont j'ai pu observer quelquefois la forme extrême : tu étais tellement obsédé par tes préoccupations, par ton sujet, que tu n'écoutais pas les gens qui te parlaient, tu les voyais à peine. Non par mépris : tu étais toujours prêt à dénoncer les injustices qui t'indignaient, toujours prêt à vibrer et à faire vibrer en faveur des sinistrés de la vie.

Tu étais prêt à te défoncer pour alerter l'opinion en faveur des réfugiés du Cambodge, ou des boat-people de la mer de Chine, mais tu aurais été incapable de leur apporter une aide humanitaire distillée au fil des jours.

Tu te reconnaissais inapte à imiter mère Teresa. Une action en profondeur, lente et monotone, t'aurait lassé; elle aurait même exaspéré ton impatience habituelle. Tu voulais décider, agir et aboutir très vite. Tu étais prêt à donner le meilleur de toi-même, à te défoncer pour obtenir un résultat. S'il tardait, ou s'il ne répondait pas à ton attente, tu devenais fébrile ou exaspéré.

Les manifestations de ton impatience, dans la vie quotidienne, tournaient parfois au comique. Nous étions invités à dîner, un soir à 20 h 30, chez des amis domiciliés au centre de Paris. Nous sommes partis en retard : la baby-sitter s'était fait attendre. Nous avons rencontré des bouchons. A 20 h 25, nous atteignions à peine la porte Dauphine. A un feu rouge, tu as jailli soudain de la voiture en criant : « J'en ai marre, je continue en métro! » Le métro devait être lui aussi encombré, nous ne t'avons pas vu de la soirée... Un peu gêné à l'égard de nos amis, tu étais rentré par le train à Viroflay.

Sûr de toi dans les domaines que tu maîtrisais, tu ne prétendais pas tout savoir. Tu étais parfaitement conscient de tes lacunes. Tu répétais par exemple : « Je n'ai pas de culture. » Inexact : tu n'avais pas de culture livresque, car tu lisais peu de livres, jamais d'œuvres littéraires, seulement des récits de voyages ou d'expériences vécues. Mais la culture ne vient pas seulement des livres, elle s'acquiert aussi sur le terrain, tu en as fait l'expérience à propos de l'Asie.

Au début de tes voyages, tu avais peur de l'Asie, peur de ne pas être à la hauteur devant son architecture, ses religions, ses civilisations. C'est pourquoi tu préférais les déserts (dont la traversée ne mettait en jeu que ta détermination et ton endurance physique) et l'Afrique noire dont les habitants, simples et spontanés, te paraissaient plus proches de toi.

Et puis, tu t'es aperçu que le meilleur moyen de surmonter une lacune, c'est de la combler. Le meilleur moyen d'être à la hauteur de l'Asie, c'était d'y aller. Tu l'as fait. Tu y es retourné plusieurs fois, elle ne t'impressionnait plus.

Y aller, se battre, se dépasser : ta philosophie de la vie.

C'était l'application d'un autre principe de l'éducation Dieuleveult : la nécessité de l'effort. Voilà en quoi tu étais remarquable : par ta fidélité à l'éducation Dieuleveult, en ce qu'elle avait d'éternel; par ton indépendance envers ce qu'elle avait de traditionnel.

Cette attitude a fait de toi un personnage fascinant sans que tu sois pour autant un homme exceptionnel. Tu le disais toi-même : tes exploits physiques, les risques que tu prenais étaient à la portée de n'importe quel gosse de vingt ans. Oui, mais à la disponibilité physique commune à beaucoup de gens s'ajoutaient les principes hérités de ton éducation et une détermination tout à fait personnelle.

Dans ton adolescence, tu avais fait trois ou quatre paris, et tu étais prêt à prendre tout le temps nécessaire et à te dépasser pour les gagner, même au péril de ta vie.

9

Le retour de Tchang

A chacun de tes voyages, tu tenais un carnet de route, un journal de bord pour fixer tes impressions, tes interrogations.

Tu as dû prendre des notes passionnantes pendant cette longue navigation de l'été 1985 qui devait te mener du lac Tanganyika au port de Banana sur l'océan Atlantique, à travers le Ruanda, le Burundi et le Zaïre. Malheureusement, tes carnets de route ont disparu avec toi.

Tout ce qu'on a retrouvé de toi, dans la crique où un ingénieur a cru voir ton fantôme, de très loin, avec ses jumelles, c'est : une bouteille d'huile, du Nescafé, une mallette de caméra, quelques exemplaires de ton portrait édité en cartes postales par *Télé 7 jours* et ton carnet de croquis; sans intérêt, paraît-il. J'aurais bien aimé en juger : personne n'a songé à me le remettre.

En rangeant tes papiers, j'ai retrouvé un carnet que tu avais ramené du Zaïre en juillet 1985 et que tu avais laissé sur ton bureau avant d'y repartir pour rejoindre tes compagnons.

Après quelques notes et calculs relatifs au poids de ton bateau et du matériel qu'il devait supporter, tu as écrit un début de journal. Il devait se poursuivre dans les carnets disparus.

Le voici :

Jeudi 13 juin 1985. *Nous avons rendez-vous à 18 h 30 à Roissy pour décoller sur Alitalia en direction de Rome et Nairobi. Mais soudain on nous annonce qu'il n'y a plus de place et que nous partons par KLM sur Amsterdam pour finalement décoller à 24 heures, direct pour le Kenya. Nous sommes dix : Lucien Blockmans, Thierry Sadoun, Marc Sadoun, Richard Jeannelle, François Beckmeur, François Laurenceau, Marc Gurnaud, Angelo Angelini, Benoît. Sur place nous devons retrouver André Hérault et Gérard d'Aboville.*

En allant chercher Erwann et Tugdual à 16 h 30 à l'école, j'étais tranquille avec Diane. Il faisait beau. Le cerisier[1] *était rouge et lourd.*

Et puis mes enfants m'ont offert leur cadeau pour la fête des pères, que les maîtresses exceptionnellement ont bien voulu faire sortir de la classe avant la date officielle. Je laisse Diane enceinte de sept mois. Elle est courageuse – en pleine forme.

Les quinze derniers jours ont été difficiles. Les rendez-vous se sont succédé entre Paris-Match, *FR 3, Sony... Et puis il a fallu rassembler tout le matériel : rations, boîtes Tupperware, outils Facom... Généralement toutes ces sociétés sont en dehors de Paris, il a donc fallu parcourir des centaines de kilomètres dans les embouteillages des différentes nationales qui partent de la capitale pour irriguer la France. Combien de fois me suis-je énervé, en sueur au volant, manquant l'accrochage de justesse. Combien de feux rouges ai-je brûlés (au ralenti), par impatience.*

Préparer une expédition de cette envergure n'est pas une mince affaire. Je suis un voyageur et je veux vivre du voyage. Il faut alors tout faire pour rapporter des images, des photos, des « papiers ». Faire parler de l'entreprise.

Au fait, quelle est-elle ?

Au mois de septembre 1985, André Hérault laisse un

1. Celui de notre jardin de Viroflay.

message sur mon répondeur téléphonique : « ... aimerais entrer en contact avec vous pour un projet sur l'Afrique... » J'aime ces annonces un peu vagues dans lesquelles le suspense est total.

J'ai eu connaissance de ce message en rentrant un soir. Ma nuit fut mouvementée. Était-ce le Sahara que j'aime par-dessus tout, l'Afrique noire et ses problèmes de guérillas, l'Afrique des grands lacs et l'aventure à l'état pur ? Ou encore une tentative de business pur, une combine plus ou moins louche ?

La réponse, je l'ai eue le lendemain en appelant ce monsieur.

Le projet était simple, et formulé comme suit : « Voulez-vous traverser l'Afrique par les fleuves ? Voulez-vous m'aider à monter l'opération ? C'est un vieux rêve que j'ai. » L'idée me plaisait, il fallait donc y réfléchir.

La composition de l'équipe est importante. Elle doit être suffisamment légère tout en étant complète. Là où nous allons il faut tout prévoir. L'occasion m'était enfin donnée de repartir avec François Laurenceau, médecin spécialiste des maladies tropicales.

Mardi matin [1]. *Depuis notre arrivée à Bujumbura, nous découvrons le pays. En allant dans le nord voir les sources sulfureuses à la frontière du Ruanda.*

Les eaux de la Ruliwa sont très boueuses, se jettent dans la Ruzizi sans se mélanger, la séparation est nette.

Sur la route, un vieux titubait. Il avait eu un accident de voiture : bras cassé, tête défoncée. Il rentrait de « l'hôpital », ou plutôt du dispensaire, mal soigné. Nos deux médecins l'ont raccompagné dans son village. En arrivant, les gens ont fui en voyant les Blancs. Le grand-père revenant, c'était encore une bouche à nourrir. Mais sur ce point, au Burundi, même s'il y a quatre millions et demi d'habitants, il ne semble pas y avoir

1. Il doit s'agir du mardi 18 juin 1985.

de malnutrition. Le climat est bon et le sol est cultivé : café, coton, et maraîchers.

A quelques kilomètres de l'hôtel, à l'embouchure de la Ruzizi, sur le lac, il y a plein de crocodiles et d'hippopotames. Ils sont impressionnants et ce sont les dangers qui nous attendent. Certains hippos sont énormes : deux tonnes et parfois plus. Devant nous, il y en avait sept; et plus loin, une femelle et son petit.

Sur une petite île, en face, deux crocos dormaient au milieu des canards. Parfois, ils donnent un grand coup de gueule pour manger un canard, les autres canards ne bougent pas. C'est ainsi la nature.

Oui, ce 13 juin 1985, jour de ton départ, le cerisier du jardin était rouge et lourd de promesses comme le bel été qui s'annonçait.

Les enfants étaient navrés de te voir partir avant de pouvoir te remettre le cadeau – un dessin – qu'on leur faisait préparer à l'école, pour la fête des pères. Nous sommes allés expliquer la situation à leurs maîtresses : elles ont accepté d'avancer la fête des pères de deux jours pour la famille Dieuleveult.

Ils ont chacun sorti leur dessin et, coïncidence, chacun avait pour thème les papillons. Pourtant, ils ne s'étaient pas concertés. Et ils n'avaient pu se montrer leur projet, puisqu'ils appartenaient à deux classes différentes.

Je leur ai proposé de venir avec moi t'accompagner chez Marc Gurnaud où avait lieu le rassemblement du matériel. Erwann a refusé : il avait prévu d'aller goûter chez un de ses copains. Cette feinte indifférence est, à chacun de tes départs, sa façon de se protéger contre leur cruauté. Il ne supporte pas tes départs.

Pour toi, ce départ-là, en juin 1985, marquait un grand tournant dans ta vie. Ton dernier « vrai voyage », comme tu disais, était vieux de trois ans. C'est en juillet 1982 qu'entre deux Chasses aux trésors tu avais effectué ton dernier reportage aventureux au Nicaragua et au Honduras [1].

Tu rêvais d'une aventure plus spontanée et plus difficile que celle mise en scène pour un jeu télévisé, si sympathique soit-il. Tu voulais surtout te prouver à toi-même que tu étais capable d'affronter un voyage comportant une part de risque et de durs efforts physiques. Tu rêvais également de repartir loin, n'importe où, avec le compagnon de tes trois traversées du Sahara, notre ami François Laurenceau. Mais aucun des divers projets que vous aviez envisagés ces dernières années n'avait abouti; ils n'étaient pas assez structurés et, pour ne rien arranger, il y avait l'éloignement de François, alors installé au Maroc.

Au printemps de 1985, une raison de plus s'est ajoutée à celles qui te poussaient à quitter la Chasse aux trésors : c'était la nécessité de disposer de plusieurs mois pour préparer et réaliser une descente du Zambèze à bord d'un radeau, semblable à ceux utilisés plus tard au Zaïre. Cette expédition avait pour promoteur Thierry Sabine. Tu devais être le coéquipier de Cyril Neveu; mais malheureusement tu t'es libéré trop tard pour pouvoir obtenir le financement et le matériel nécessaires.

Un échec de plus, survenant à un moment de rupture et d'incertitude. Je ne l'ai pas trop regretté, cela nous a permis de prendre aux Antilles de vraies vacances ou presque, comme nous n'en avions pas connu depuis longtemps.

Et voici qu'en septembre 1985 André Hérault, ancien commandant de bord d'Air Afrique, te replongeait en pleine magie. Il te proposait de transformer en réalité un rêve fabuleux : rallier l'océan Indien à l'océan Atlantique en traversant l'Afrique d'est en ouest, de la Tanzanie au Zaïre, en naviguant sur les fleuves pendant des milliers de kilomètres. Enfin, le grand

1. *J'ai du ciel bleu dans mon passeport*, chap. 16.

voyage que tu espérais. Et François Laurenceau acceptait d'y participer...

Tu avais également avancé le nom de Gérard d'Aboville, que tu admirais et connaissais depuis sa traversée de l'Atlantique à la rame. Il a accepté avec enthousiasme de superviser la fabrication de deux radeaux – les « rafts » qui ont donné leur nom à l'expédition Africaraft.

Il fallait marquer, de façon symbolique, ce nouveau tournant de ta vie : tu n'y as pas manqué! Pour vos bagages, sur les canots, vous disposeriez de sacs imperméables jaunes, tous semblables. Chacun des participants avait inscrit son nom, au feutre noir, sur son sac. Sur le tien, on lisait : TCHANG.

L'expédition Africaraft, c'était le retour de Tchang. Pendant des années, il avait disparu, oublié, refoulé au pays de l'adolescence par les dures contingences matérielles, par l'apprentissage de la vie adulte. Il revenait, avec toute sa fraîcheur, chargé des rêves et enthousiasmes d'autrefois, et décidé à les accomplir. Et, selon ton expression : « prêt pour de nouvelles aventures ».

Chacun des participants, usant de ses relations, s'est efforcé de trouver des parrains ou, comme on dit en franglais : des « sponsors ». Tu en as convaincu plusieurs, au moins trois. Je me souviens quand tu as rapporté à la maison des monceaux de Tupperware, boîtes parfaitement étanches qui auraient fait la joie de bien des ménagères. Tu n'en as pas distrait une seule, même pour moi. Tu as entreposé également chez nous les boîtes de rations militaires (thon, pâté, biscuits, bonbons à la menthe...) qui devaient permettre à l'équipage de subsister pendant une grande partie du voyage. Tu as récupéré également du café soluble et – je ne sais pas comment, ni pourquoi – plusieurs caisses de chewing-gum : de quoi occuper toutes vos mâchoires pendant des semaines!

Les parrains sollicités contribuaient par une participation en nature. Sillinger pour la fabrication des rafts.

Sony et Thomson ont prêté ou donné le matériel de prise de vues et la radio. Yamaha a fourni les moteurs des rafts. Le seul argent frais dont vous disposiez avait été versé par *Paris-Match.*

Ce magazine déléguait également parmi vous un de ses meilleurs photographes, Richard Jeannelle. Richard avait de plus l'avantage de connaître l'Afrique. Parmi ses relations politiques, il avait plusieurs ministres africains et même le chef d'État du Zaïre, le maréchal Mobutu.

De tous les membres de l'expédition, je ne connaissais que Gérard d'Aboville, André Hérault, venu une ou deux fois à la maison, et, bien sûr, François Laurenceau et Marc Gurnaud. Celui-ci, comme pour tes précédents reportages, t'a aidé à réunir le matériel de prise de vues et de son; il t'a aidé également à mettre sur pied un projet de film pour FR 3.

Quelques semaines avant le départ, Marc est venu assister à l'essai des rafts sur la Seine, aux abords de l'île Saint-Louis. Enthousiasmé par les essais, il a décidé : « Je pars avec vous. » Il se chargerait de la liaison radio avec Paris. Il le faisait déjà pour les premières Chasses aux trésors; c'est ainsi que vous aviez fait connaissance.

A l'occasion des essais, j'ai pu voir, pour la première et dernière fois, l'équipe au complet. Entrevoir, plutôt. Ce n'était pas une réunion mondaine et vous étiez bien trop absorbés par le maniement des radeaux pour faire des présentations. J'ai entrevu également Chantal Jeannelle et Jamila, la femme de Thierry Sadoun. Nous ne nous doutions pas que les événements allaient nous lier étroitement.

Ma grossesse ne me rendait pas particulièrement sociable. Les enfants, eux, garderont un merveilleux souvenir de cette journée. Ils ont fait le tour de l'île Saint-Louis à bord d'un radeau sur lequel papa allait traverser l'Afrique.

Un premier essai des radeaux avait eu lieu dans

l'Allier, à la fin de l'hiver. L'équipage s'était donné rendez-vous au village de Prad, à l'hôtel « l'Abri du rocher ». Pour François, domicilié à Montpellier, c'était la première prise de contact avec ses coéquipiers.

D'après ton agenda, tu es parti en train à 22 h 06 de Paris pour arriver le lendemain à 7 h 01 à la gare de Brioude. Descendu sur le quai, tu as demandé à un employé à quelle heure il y avait un train pour le village où vous aviez rendez-vous. Il t'a répondu : « Mais le train qui vient de partir et dont vous descendez y va! » Un effet du surmenage... Tu menais des tas d'activités en même temps.

Entre autres : avec André Payraud, l'entraînement et la préparation de la descente du Gange à la nage depuis sa source; avec André Hadjez la fondation des Éditions du Voyage en vue de la publication de livres d'enfants, une tournée de dédicaces pour *J'ai du ciel bleu dans mon passeport* : parfois trois villes par semaine...

Malgré votre enthousiasme et tous vos efforts, l'expédition prenait du retard en raison des difficultés administratives incontournables. D'après ce que tu m'as dit, et François me l'a confirmé, elle était parfaitement organisée pour tout ce qui dépendait de vous-mêmes, en particulier du point de vue matériel et technique.

En ce qui concerne vos déplacements en Afrique, les autorisations et visas qu'ils exigeaient, c'était le flou total. Vous aviez cru aux promesses des ambassades africaines, sous-estimé la force d'inertie des administrations locales.

L'expédition Africaraft a failli mourir avant même d'avoir démarré. Une semaine avant la date fixée pour le départ, un télex d'André Hérault et de Gérard d'Aboville, partis en avant-garde, vous apprenait qu'il fallait renoncer à rallier un océan à l'autre : à moins de patienter pendant des mois de palabres, il était impossible de traverser la Tanzanie.

Au cours d'une réunion au domicile de Thierry Sadoun – tu étais absent – les membres présents ont failli renoncer à l'expédition. Puis, la déception surmontée, ils ont décidé de s'en tenir à la partie possible du voyage : du lac Tanganyika à l'océan Atlantique, par le Burundi et le Zaïre. Ce qui représentait tout de même deux mille kilomètres de navigation, une expédition jamais tentée avant vous.

Les difficultés continuaient. Le jour du départ, vous n'arriviez pas à décoller de Roissy, faute de place ou à cause de retards dans les avions. Celui dans lequel vous avez réussi à monter ne vous a emmenés que jusqu'à Nairobi via Amsterdam. Le vieux coucou qui assurait la correspondance Nairobi-Bujumbura a eu en plein vol une panne de réacteurs au moment où les hôtesses servaient le repas. François a eu l'occasion d'exercer son métier de médecin en soignant une hôtesse blessée au front après avoir été projetée contre la paroi. La moquette de l'allée était parsemée de salade de fruits. Incident très léger à côté de ceux qui vous attendaient à l'arrivée.

Première déconvenue : malgré toutes les autorisations et promesses données à Paris, la douane confisquait toutes vos armes de défense et de chasse. Seconde déconvenue : au lieu de partir le surlendemain, vous avez perdu trois semaines en tracasseries administratives.

Ce retard, ajouté à celui déjà pris avant le départ de Paris, a provoqué des changements dans l'équipage. En raison de la fin de leurs congés ou – comme Gérard d'Aboville obligé de respecter des engagements ultérieurs – plusieurs participants ont dû renoncer à aller au-delà de la traversée du lac Tanganyika. D'Aboville avait la possibilité de poursuivre quelques jours de plus, mais dans ce cas il se serait séparé de vous en pleine brousse, sans aucun moyen de locomotion. Il a donc quitté l'expédition à Bujumbura, avec Thierry Sadoun et deux autres membres.

En contrepartie, l'expédition faisait une recrue de choc en la personne d'un Belge établi au Burundi et que votre objectif : descendre le fleuve jusqu'à l'océan Atlantique, avait enthousiasmé. Très sportif, fonceur et déterminé, connaisseur de l'Afrique, ayant déjà pratiqué ses fleuves, Guy Collette allait prendre place, une large place, au sein de l'expédition. Lui, il était averti de certains périls que vous ne soupçonniez pas; les obstacles naturels ne seraient pas les seuls à surmonter. Vous étiez tombés, en toute candeur, dans une chaudière politique sans cesse sur le point d'exploser. Votre principal problème, ce n'était pas le fleuve, c'était les hommes.

La traversée du lac Tanganyika ne vous paraissait pas présenter de difficultés, malgré les rafales de vent qui provoquaient d'énormes vagues. Mais ce lac était partagé par une frontière invisible séparant le Zaïre du Burundi. Elle était souvent franchie par des radeaux de mercenaires blancs venus de Tanzanie pour se joindre aux rebelles zaïrois ou les ravitailler. Des vedettes zaïroises basées à Kalemie étaient chargées de les intercepter.

Les soldats montés sur ces vedettes avaient la gâchette nerveuse depuis la récente attaque de la ville de Moba par des mercenaires. Quelques jours plus tôt, des gens dont vous aviez fait la connaissance avaient essuyé, sans sommation, des rafales de mitrailleuses, alors qu'ils naviguaient à portée des vedettes zaïroises.

Une menace à prendre au sérieux. Pour la conjurer, vous avez perdu encore un peu plus de temps. Vous aviez toutes les autorisations requises pour pénétrer au Zaïre; mais comment le faire savoir, de loin, à ces militaires qui avaient toutes les raisons de voir des suspects partout?

Il n'existait aucun moyen de communiquer par téléphone ou radio avec la base de Kalemie. Vous avez décidé de téléphoner à l'état-major de Kinshasa pour qu'il avertisse ses subordonnés de Kalemie de votre prochain passage. Impossible aussi de téléphoner à Kinshasa. Il fallait appeler Bruxelles et obtenir qu'un opérateur bascule la conversation sur Kinshasa. Vous y êtes parvenus pour apprendre que Kinshasa n'arrivait pas à joindre sa base de Kalemie.

On ne se rend pas compte, en Europe, de la rareté ou du mauvais état des télécommunications en Afrique. Le seul moyen de faire passer un message est souvent de le porter soi-même, à condition de trouver une piste ou une route dans ces immensités recouvertes de jungles ou de déserts.

Vous vous êtes rendus, par terre, au poste frontière d'Uvira pour demander aux militaires stationnés là d'avertir leurs collègues basés de l'autre côté du lac, à Kalemie. Ils ont bien voulu essayer de le faire, mais n'ont pas réussi à entrer en contact avec eux.

Heureusement, une des vedettes de Kalemie a relâché à Uvira. Vous avez demandé à son commandant de faire part à sa base de votre passage, en espérant que le message serait suivi d'effet.

La nuit suivante, tous feux éteints, dans une obscurité épaisse qui vous empêchait de voir l'autre raft, vous avez gagné l'embouchure du fleuve. Vous naviguiez le plus à l'écart possible de la frontière invisible le long de laquelle patrouillaient les vedettes, tout en évitant de longer les côtes, car les rebelles postés là auraient pu vous prendre pour des militaires et vous tirer également dessus.

Cette navigation nocturne entre deux menaces s'est poursuivie dans l'angoisse mais sans incident. Le seul incident, qui aurait pu devenir sérieux, s'est produit le lendemain matin, alors que vous étiez pris dans de petits rapides.

Alors que le bateau de tête (le *Godlieve)* précédait à une certaine distance le tien (le *Françoise)*, des cris ont retenti : « Arrêtez-vous ou on tire. » Vos regards, jusque-là fixés sur le fleuve, ont découvert alors, sur la berge, des militaires zaïrois en embuscade, les armes braquées sur vous.

Ne pas s'arrêter, c'était risquer d'essuyer leur feu. S'arrêter, c'était vous mettre dans l'impossibilité de prouver que vous étiez d'honnêtes touristes. Tous vos documents d'identité, toutes les autorisations administratives se trouvaient sur le *Godlieve.* Et celui-ci, ne s'étant rendu compte de rien, disparaissait déjà au loin.

Sans vous concerter, vous vous êtes tous soit jetés à l'eau en vous abritant derrière le bord du côté opposé aux militaires, soit aplatis au fond du bateau. Certains même criaient : « Ne tirez pas, on n'est pas des mercenaires! » Ces cris, et surtout votre plongeon peu conforme à l'attitude habituelle des mercenaires les ont-ils dissuadés de tirer? Ils ont tenté de courir après vous le long de la berge mais le relief du terrain les en a empêchés.

Votre moteur étant coupé, à cause des cailloux, les quelques secondes pendant lesquelles le courant vous a écartés des militaires vous ont paru interminables.

Vous aviez échappé à un danger militaire immédiat, mais pas à tout danger. Ces soldats pouvaient alerter Kalemie et lancer derrière vous des vedettes très rapides. Mais comment auraient-ils donné l'alerte, sans matériel de télécommunication et sans véhicule? Ils auraient dû envoyer un messager à pied... Vous redoutiez d'autres postes de garde dans les prochains kilomètres. Pourtant, vous n'avez plus rencontré de présence militaire mais, à la tombée de la nuit, vous avez songé à une autre menace. Elle vous a obligés à organiser un tour de garde et à passer une nuit fort peu tranquille, car votre matériel (radio, canots à moteur, caméras) constituait un butin de choix pour les rebelles ou mercenaires rôdant dans les parages.

Le climat d'insécurité pesant sur cette région frontalière se traduisait dans l'attitude des rares indigènes rencontrés au bord du fleuve. Pêcheurs, femmes en train de laver : tous s'enfuyaient à toutes jambes à la vue de ces deux canots chargés de Blancs.

Dans le premier canot qui ouvrait la voie – « le canot amiral » – on trouvait, auprès d'André Hérault : Guy Collette, Richard Jeannelle, Lucien Blockmans. Sur le *Françoise,* tu étais accompagné de François Laurenceau, Marc Gurnaud, Angelo Angelini.

Très vite une distinction s'est établie entre les deux équipages. Il y avait le canot des rigolos – le tien – et celui des gens sérieux.

Canot des rigolos parce que, à ton exemple, on y riait très fort et on y faisait des farces : vous aviez mis au point un moteur super-performant en ajoutant à l'essence une proportion d'huile de palme... et quelques cuillerées de Coca-Cola pour dynamiser le mélange : le coca étant aussi un excitant pour les moteurs. C'est le genre de plaisanteries auxquelles Gérard d'Aboville, très pince-sans-rire, aimait participer; jusqu'à son départ, il appartenait lui aussi au canot des rigolos.

Rigolos encore, parce que vous preniez à la légère, et comme sujets de plaisanterie, tous les incidents du parcours. Et il y en avait! Rigolos enfin, parce que ces incidents, c'était presque toujours votre canot qui en bénéficiait. Votre insouciance les attirait comme un aimant. De là à conclure que vos menues catastrophes trouvaient leur source dans votre légèreté, les « sérieux » ne s'en privaient pas : « Si au lieu de faire les crétins, vous étiez plus attentifs! » Ils ne le disaient pas toujours, mais ils n'en pensaient pas moins.

Un jour, vous avez perdu des heures à revenir en arrière, pour la recherche (infructueuse) d'une rallonge perdue. Plus tard, vous avez cassé une hélice. La nouvelle hélice attrapait sans cesse des cailloux qui stoppaient votre avance. Sur la rivière Lukuga, vous vous êtes perdus à plusieurs reprises dans des bras morts, dans des culs-de-sac dont vous n'arriviez pas à vous dépêtrer. Ailleurs, quand un banc de sable se présentait, vous vous plantiez dedans.

A la vérité, sur le canot des rigolos, vous étiez tous des novices en matière de navigation, et surtout sur les fleuves africains. Votre inexpérience n'évitait aucune embûche. Au contraire, les sérieux les esquivaient pratiquement toutes. Leur canot avait la baraka. Une baraka largement expliquée par la présence de Guy Collette. Tenant la barre du *Godlieve* les trois quarts du temps, toujours debout à l'avant ou à l'arrière, scrutant le moindre frisson sur l'eau, coupant le moteur aussitôt qu'il le fallait, le remettant en route sans perdre une seconde, il avait le sens de l'eau et de la rivière. Ces qualités jointes à son caractère fonceur et volontaire l'ont imposé rapidement comme le véritable chef de l'expédition; d'autant plus qu'il était le seul parmi vous à parler le dialecte local. Prenant les choses en main à la moindre hésitation, sûr de lui, connaissant bien son affaire et le prouvant d'ailleurs à chaque instant, il prenait des décisions que nul ne contestait.

Chaque soir, la carte en main, il calculait les kilomètres et décidait : « Demain soir à telle heure, nous atteindrons tel endroit. » Il fallait y arriver, coûte que coûte, en dépit des difficultés imprévisibles ou des spectacles que vous ménageait l'Afrique... et qui retardaient votre progression.

Deux conceptions du voyage, deux styles de vie s'opposaient chaque jour. Sur le *Françoise*, on s'émerveillait de tout, on voulait prendre le temps de tout voir et de savourer. Pour rattraper le retard que cela entraînait et le déplaisir qu'en ressentaient les autres, vite, vous fonciez, vous livrant à des erreurs de navigation, ou au contraire à des excès de précautions générateurs les uns et les autres de nouveaux incidents techniques.

Pour une fois dans ta vie, tu as trouvé plus impatient que toi. Alors qu'aucun engagement ultérieur ne les pressait, les passagers du *Godlieve* avaient hâte d'arriver à Banana, sur l'Atlantique. S'étant fixés une date impérative, ils devaient pour la respecter gagner un défi quotidien : avaler coûte que coûte un nombre déterminé de kilomètres par jour. C'était une version aquatique du « à fond la caisse » du Paris-Dakar, un défi difficile à tenir avec le poids mort que représentait le *Françoise*, par son avidité de distractions retardatrices et sa propension aux menues catastrophes.

Obsédés par le défi qu'ils s'étaient lancé à eux-mêmes, les passagers du *Godlieve* ne s'intéressaient plus qu'à ce qui se passait à quelques mètres devant leur canot, et ils oubliaient tout le reste. Dommage, pensais-tu. Car une fois sortis de la zone frontalière, et de son climat d'angoisse, l'environnement devenait de plus en plus passionnant. Vous trouviez des villages au site et à l'aspect étonnants. Les habitants, d'abord interloqués par votre apparition, manifestaient vite la convivialité et le large sourire propres aux Africains. Partout l'accueil était sympathique et souvent chaleureux.

Vous aviez du mal à persuader vos hôtes que vous n'étiez pas des militaires ou des mercenaires. Des civils, même africains, ils n'en voyaient jamais. La notion de tourisme, de voyage pour le seul plaisir de découvrir, leur était totalement inconnue. La plupart de ces villages n'avaient JAMAIS reçu la visite d'un Blanc. A l'écart de tout, ils n'étaient accessibles qu'en pirogue par des rivières introuvables et difficiles. Ils vivaient, en vase clos, repliés sur eux-mêmes, de la chasse et de la pêche, perdus, oubliés presque dans l'immensité du Zaïre. Tu t'apercevais, une fois de plus, que le Zaïre n'est pas un pays, mais un sous-continent.

Dans l'un de ces villages, votre venue a été un événement exceptionnel, presque une fête. Vous avez reçu un accueil royal. Le chef a tenu à vous faire manger et dormir chez lui. Ce village au site insolite était situé dans un marais séparant le fleuve et la forêt. Chaque maison était bâtie sur un îlot minuscule. De maison à maison, ou d'îlot à îlot, on ne pouvait se déplacer qu'en pirogue.

D'après le récit vibrant que tu m'as fait (récit complété plus tard par tes coéquipiers), et grâce aux images rapportées, j'ai partagé l'émotion que tu as ressentie ce jour-là. Tu ne jouais plus à chercher Stanley pour la Chasse aux trésors. Tu étais toi-même Stanley.

Tous ces spectacles que l'Afrique offrait en cadeau à vous qui la visitiez par des voies insolites étaient pour toi prétexte à la cueillette des images. C'était ta vocation personnelle, et aussi ton rôle imparti dans l'équipe. Certains coéquipiers méconnaissaient les contraintes de l'audiovisuel, mise au point de l'éclairage, recherche du bon cadrage, nécessité de faire manœuvrer l'un des rafts pour animer la scène. Ces futilités agaçaient parfois leur impatience : encore des retards...

Vos coéquipiers du *Godlieve* ont consenti, en bougonnant, à s'arrêter quand tu as voulu filmer des villageois occupés à capturer un boa sur la berge. Mais un autre jour, tu as voulu revenir en arrière pour filmer un duel au tam-tam : deux robustes Noirs, frappant à coups redoublés chacun sur un énorme tronc d'arbre, la sueur ruisselant sur leur corps. Mais cette fois, le *Godlieve* n'a rien voulu entendre, surtout pas un concert de tam-tam, et tu es reparti sans pouvoir fixer l'image de cette scène insolite.

Le soir, enfin réunis, vous pouviez dialoguer et confronter vos points de vue. La conversation autour du feu, dans l'obscurité profonde, était votre seule distraction avant que chacun se retire sous sa moustiquaire individuelle : François, Marc et toi, vous aviez constitué une moustiquaire collective, quel luxe!

La nuit tombait de très bonne heure. A 18 h 30, il faisait noir. Auparavant, il fallait chaque soir trouver un emplacement pour bivouaquer. Une plage qui, de préférence, ne soit pas la propriété d'un club d'hippopotames. Vous leur avez fait, par mégarde, concurrence l'un des premiers soirs.

En raison de l'obscurité, vous n'aviez plus la possibilité de vous déplacer quand vous vous en êtes aperçus. C'est-à-dire quand les hippopotames sont arrivés, étonnés de votre présence. Après vous avoir adressé quelques grognements de protestation, ils vous ont snobés : ils sont retournés au bain et sont partis dormir ailleurs. Vous avez passé le reste de la nuit à craindre qu'ils ne changent d'idée et veuillent dormir avec vous. Vous sursautiez aux moindres bruits. Le silence, la nuit et l'angoisse les rendaient démesurés. Alertés par des « ploufs » retentissants, vous avez braqué vos torches et découvert... des crapauds en train de prendre leur bain de minuit.

Dès l'emplacement choisi, un volontaire se dévouait pour allumer le feu et préparer le repas. Il se composait un jour d'une ration militaire (pâté, thon, biscuit, bonbon à la menthe) et le lendemain de riz nature cuit sans sauce : vous aviez oublié d'en emporter. Avec ton humour habituel, tu as certainement remarqué que la situation ressemblait beaucoup à ces westerns dans lesquels les passagers d'une diligence mangent à une étape du lard avec des patates; et à l'étape suivante, des patates avec du lard... Vous comptiez trouver des villages traditionnels avec des marchés, des produits frais, des légumes et des fruits. Hélas, vous étiez au cœur de l'Afrique. Heureusement, vous aviez parfois un dîner en ville, ou plutôt un dîner au village.

Tandis que le cuisinier s'affairait, tous les autres aidaient Marc Gurnaud à établir la liaison radio : ça te rappelait les débuts de la Chasse aux trésors. L'opération consistait à dresser un mât et à le relier, par un câble tendu, à un arbre proche, le tout orienté dans la direction de Paris. Au fond de la brousse, la tour Eiffel vous servait de cap de référence, sa position étant déterminée à la boussole. Cela fait, vous mettiez en route le groupe électrogène. Et à 20 heures précises, le miracle quotidien se produisait. Un radio amateur, votre correspondant, vous répondait. Sa voix s'échappait du haut-parleur et résonnait dans la jungle. Vous étiez tous religieusement groupés autour de l'appareil, exactement comme des Africains autour d'un poste de radio dans un village.

Après divers échanges d'informations, ce radio vous basculait sur une ligne téléphonique, et à tour de rôle, une nuit de temps en temps, chacun d'entre vous pouvait converser pendant quelques minutes avec sa famille.

A Viroflay au début, puis à Saint-Malo, dans la maison de mes parents, le téléphone sonnait et tu me parlais du fond de l'Afrique, depuis une plage sans hippopotames et sans cabine téléphonique. La communication était presque toujours médiocre, avec un phénomène d'écho et des grésillements intermittents. On ne pouvait parler que l'un après l'autre, sans être sûrs que tu avais tout entendu, à cause des grésillements. Tugdual me demandait : « Pourquoi les mouches font du bruit dans le téléphone? » Cela ne permettait pas une vraie conversation, mais le seul fait d'entendre ta voix était émouvant, magique.

Un soir de la seconde semaine de juillet, assis sur le sable devant le haut-parleur, tu m'as entendue t'annoncer une nouvelle qui a failli changer le cours des événements. Depuis quelque temps, Jacques Antoine, le créateur de la Course autour du monde et de la Chasse aux trésors, cherchait à te joindre pour te proposer de participer à sa future série d'émissions. Il te fixait un rendez-vous téléphonique pour le lendemain.

Le lendemain, sur une autre plage que la nuit rendait semblable aux précédentes, tu as entendu parler de la série « Mission possible » avec Jacques Antoine. Il te proposait d'en assurer la présentation sur le terrain, l'animation en studio étant confiée à ton copain Didier Régnier, bien connu des téléspectateurs du « Grand Raid ». Il ne s'agissait plus d'une émission-jeu, mais d'une émission consacrée à l'action humanitaire, chaque fois dans un pays différent, d'une organisation du type Médecins sans frontières. En cas d'acceptation, tu devais te tenir prêt à tourner, dans les prochains jours, un film pilote au Soudan.

L'idée te séduisait; tu as même envisagé de quitter l'expédition Africaraft à un prochain village, d'acheter une voiture et de te rendre directement au Soudan avec François Laurenceau et Marc Gurnaud. Comme l'émission comportait un volet médico-alimentaire, François étant médecin, tu souhaitais sa participation : Marc, lui, était devenu ton partenaire pour les projets de télévision.

Puis la date de tournage a été repoussée, le projet étant plus compliqué à mettre en œuvre que prévu. De ton côté, tu avais tes propres suggestions à présenter et la liaison radio ne permettait pas une discussion approfondie.

Jacques Antoine t'a alors proposé de venir parler avec lui à Paris. Et comme la naissance de notre troisième enfant paraissait devoir se produire plus tôt que prévu, avant la fin juillet, tu t'es décidé à faire tes adieux à l'expédition Africaraft, après le passage des portes de l'Enfer.

Vous appréhendiez ces rapides : ils ne faisaient pas mentir leur nom : vous l'avez constaté en faisant une reconnaissance préalable. Et puis, peu à peu, une détente s'est instaurée. Certains d'entre vous les ont même passés en tartinant leur reste de pain avec ce qui restait de pâté dans la boîte de ration militaire entamée.

Ce n'est qu'après avoir figé sur une « photo de famille » la conquête des portes de l'Enfer, impossible à des bateaux de conception différente, que tu as quitté tes compagnons de voyage. Marc, dont le congé allait expirer, en a profité pour vivre avec toi l'aventure du retour. Car ce retour improvisé de la brousse zaïroise à Paris se transforma vite en une véritable odyssée, en raison des difficultés de communication. C'est d'abord le Toyota d'un « spectateur » qui vous ramena de la rive du fleuve à Kongolo. Là, un train devait vous ramener jusqu'à Kinsangani. Ce train n'est jamais venu. Après deux jours d'attente, le pilote d'un petit avion a bien voulu vous déposer dans la ville de Bukavu. De là, vous êtes repartis dans un autre petit avion pour la ville de Goma. Et enfin, arrivés à Goma, vous avez réussi, après quelques palabres, à obtenir au marché noir deux billets d'avion sur une ligne régulière en direction de Kinshasa. Et bien que vous n'ayez pas de réservations, vous avez pris l'avion pour Paris où vous avez débarqué le 14 juillet, un mois jour pour jour après le départ de l'expédition Africaraft.

Dans l'une de ces villes où tu trouvais le temps long, tu as imaginé une dernière facétie. J'espère que les autorités zaïroises voudront bien te la pardonner. Apprenant qu'il existait une prison, tu as résolu de la visiter. La qualité de journaliste n'étant pas la meilleure recommandation pour ce genre d'entreprise, tu t'es composé un personnage : comme à l'époque du cours d'art dramatique René Simon. Tu as choisi de te faire passer pour un inspecteur de l'administration pénitentiaire française détaché auprès de l'administration zaïroise.

Tu t'es présenté comme tel au directeur, après avoir bien étudié tes répliques, les questions à poser, les attitudes très « fonctionnaire supérieur » et jusqu'à tes inflexions de voix.

Tu as sans doute été parfait dans ce rôle. Le directeur s'y est laissé prendre et, très aimable, il a voulu te montrer lui-même les lieux. Pour bien soutenir ton rôle, tu t'es livré à des comparaisons avec les prisons françaises : tu en avais filmé une à l'époque où tu travaillais au journal télévisé d'Antenne 2 [1].

Tu as demandé s'il existait un cachot spécial pour les criminels dangereux. Il y en avait trois « en traitement », on te les a montrés; leurs conditions de détention t'ont impressionné. A la base de ton imposture, il y

1. *J'ai du ciel bleu dans mon passeport*, chap. 10.

avait une part de curiosité et une part, plus large, de mystification. Le paradoxe est que, pour employer tes propres termes, tu es entré dans cette prison « pour rigoler », et qu'à la sortie, tu n'avais plus du tout envie de rire.

Des hommes ayant commis une erreur doivent l'assumer et la payer. Cela, tu en restais convaincu. Mais toi, habitué à projeter librement ton corps et ton activité à tous les coins du monde, tu découvrais dans cette prison tropicale qu'enfermer un homme entre quatre murs est un châtiment plus terrible que la mort. « Si nous prenions la place de ces prisonniers, ne serait-ce qu'un moment, nous apprendrions beaucoup. Nous n'aurions plus envie de gaspiller la vie », disais-tu. Cette visite t'a bouleversé, culpabilisé presque, et, quand tu en parlais, on sentait qu'elle t'avait marqué.

Tu m'as appelée dès ton arrivée à Paris-Roissy, le 14 juillet, mais tu as rejoint la Bretagne tard dans la soirée du 15. Tu avais à prendre des dispositions pour le reste de l'expédition, à transmettre des nouvelles des participants à leurs familles, sans parler d'une réunion de travail avec Jacques Antoine. Avec ton habitude de ne jamais séparer famille et travail, tu revenais pour moi ET pour Jacques Antoine.

Nous avons réussi à te faire raconter tes aventures. Tu nous a montré une partie des films que tu rapportais grâce à l'image de contrôle de la caméra. Mais elle ne nous permettait de voir que chacun à tour de rôle. Tu as pris le temps d'expliquer aux enfants comment fonctionnait la caméra. Tu as passé une bonne partie du séjour à visionner et revisionner tes films, car tu cherchais une séquence sur des hippopotames à laquelle tu tenais; tu étais furieux de ne pouvoir t'expliquer pourquoi tu ne la retrouvais pas.

Tu ne pouvais nous consacrer que trois petits jours, car à peine quitté l'Africaraft tu t'es précipité dans de nouvelles activités. Le 19 juillet, tu as regagné Paris : le lendemain tu participais à une course automobile sur le circuit de Croix-en-Ternois, près d'Arras, avec l'équipe du Star Racing Team Arrow, montée par Moustache.

Puis tu as vaqué à toutes tes autres affaires : en plus du projet avec Jacques Antoine, la rentrée s'annonçait chargée. Tu as répondu au courrier en souffrance, payé les factures en suspens, rangé ton bureau et fait remplir – en plein été – la cuve de mazout. Tout était en ordre; tu pouvais donc rentrer le 25 juillet au soir à Saint-Malo... Et nous annoncer ta décision d'aller rejoindre à nouveau l'expédition Africaraft.

A ton retour d'Afrique, tu marquais à propos de l'expédition un certain désenchantement. Elle avait déjà perdu beaucoup de sa magie avec l'impossibilité de réaliser comme prévu la jonction océan Indien-océan Atlantique. La plupart de tes coéquipiers s'intéressaient plus au record physique qu'à ta conception du voyage. Mais il t'en coûtait beaucoup de renoncer, pour la première fois, à poursuivre un de tes défis jusqu'à son terme. L'intervention de Jacques Antoine et l'éventualité de cette naissance avancée justifiaient ton abandon, sans effacer en toi un certain sentiment de culpabilité.

Or, justement, les deux raisons qui avaient motivé ton retour s'évanouissaient. Le tournage du film pilote au Soudan, prévu comme imminent début juillet, restait toujours en suspens. Et mon médecin m'annonçait qu'au lieu d'accoucher quinze jours plus tôt l'événement interviendrait à la date prévue : après le 15 août (le médecin avait ajouté en riant : « D'ailleurs, je suis en vacances du 1er au 15 août. ») Voilà qui changeait tout...

L'expédition, à laquelle tu n'avais jamais cessé de penser – tu avais des nouvelles par liaison radio – devait se terminer le 9 août au plus tard, au port de Banana. Tu as vérifié que, le 11, tu pouvais prendre l'avion à Kinshasa et être de retour en Bretagne le 13.

Juste à temps pour assister à la naissance de ton troisième enfant.

Voilà qui dictait ta conduite. Tu allais repartir pour le Zaïre, reprendre ta place sur le *Françoise*, déboucher triomphalement sur l'Atlantique... et tu cesserais de te considérer comme un lâcheur... Par la liaison radio, l'expédition Africaraft t'a donné rendez-vous à Kinshasa, chez un ami portugais de Guy Collette, Nelson Bastos. Et toi, tu leur as annoncé que tu leur ramenais, en remplacement de Marc Gurnaud, un bon coéquipier : Jean-Louis Amblard.

Tu avais fait sa connaissance au printemps 1985, en vue de la Journée de promotion de l'Ile-de-France (2 juin) dont il était l'un des organisateurs. Ton rôle consistait à te poser en hélicoptère, accompagné de Michel Giraud, président du Conseil régional, dans les divers points de l'Ile-de-France où se déroulaient des manifestations culturelles, commerciales et sportives.

Jean-Louis était venu te voir à la maison pour un bref entretien destiné à fixer les conditions de ta participation. Après cinq minutes de conversation, vous étiez les plus grands amis du monde : il avait lui aussi traversé le Sahara, pratiquait le bateau et la voile... Le « court entretien » s'est étiré sur plusieurs heures. Je me souviens d'avoir demandé à trois ou quatre reprises entre 13 h 30 et 14 heures : « Comptez-vous déjeuner à la maison? » Vous étiez si passionnés par votre conversation que vous ne m'avez jamais répondu. C'est toi qui vers 14 heures t'es indigné : « Comment, il est plus de deux heures, et tu ne nous a pas invités à déjeuner? »

Pendant ton séjour à Saint-Malo, Amblard t'a téléphoné un peu au hasard, pour savoir comment s'était passé ton voyage en canot. Sans l'avoir prémédité, tu lui as lancé : « J'y repars. Si tu veux venir avec moi, je t'emmène, il y a une place de libre sur mon canot. » Jean-Louis, lui aussi spécialiste des décisions rapides, a répondu : « Pourquoi pas? D'accord! – Super! Sois prêt à prendre l'avion le 31 juillet. »

Tu as averti Jacques Antoine de ne pas compter sur toi pour l'instant. Et pour consoler Erwann, navré de ce départ imprévu, tu lui as dit : « Je vais chercher François et je reviens. »

Le 29 juillet au matin, tu as repris très tôt la route de Paris et déposé un de tes neveux à la gare de Rennes. Le lendemain, 30 juillet, tu as déjeuné avec le commandant Prouteau, sans vous douter que cette entrevue provoquerait quelques jours plus tard un roman-feuilleton. La vérité est plus banale, tu envisageais de tourner, pour le compte de ta société, Passeport bleu, un film sur le GIGN (Groupement d'intervention de la gendarmerie nationale).

Le jour suivant, le 31, tu as pris le temps d'aller acheter une voiture, l'Espace. Tu as passé la soirée, à la maison, en compagnie d'Alain Bastien-Thiry, le mari de ma sœur Hedwige. Tu avais promis à Alain de tenir l'un des deux principaux rôles de son film *le Souillot*. Devant un gros plat de nouilles, vous avez discuté de ta participation au bout d'essai qu'il devait tourner dans les Vosges, dans la dernière semaine d'août. Alain a trouvé que l'accès d'enthousiasme né de ta décision de repartir était bien retombé. En vous séparant, tu lui as même dit que tu renonçais à prendre ton avion le lendemain.

La nuit porte conseil : tu as bien pris l'avion de Kinshasa. Quelques minutes auparavant, tu m'as parlé au téléphone. Depuis, tu ne m'as plus donné de tes nouvelles.

10

L'honneur ou la vie

Maintenant, Philippe, je voudrais te dire ce que tu ne sais pas. Ce que tu n'as pas pu voir : tu étais déjà retranché dans ton secret.

Je dois t'annoncer la mort de celui que tu appelais « le bricoleur de génie » : Jean-Paul Le Fur, le radio dont le savoir-faire te permettait de parler du bout du monde aux spectateurs de la Chasse aux trésors. Il s'est écrasé avec Thierry Sabine, dans l'hélicoptère du Paris-Dakar. Quand la radio l'a annoncé, j'étais dans ma voiture, j'ai été obligée de m'arrêter : l'aventure se payait décidément trop cher!

Je voudrais aussi te dire comment j'ai réagi à ta disparition, comment j'ai affronté le vide qu'elle ouvrait, en essayant d'être forte comme tu me l'as appris.

Le vendredi 9 août 1985, j'ai quitté la maison de mes parents, pour aller chez les tiens, à la Taplachotte, à vingt kilomètres de Saint-Malo. J'avais décidé de passer là, avec les enfants, les quelques jours me séparant de l'accouchement. Je suis arrivée un peu avant le dîner. Avec tes parents et une de tes nièces, nous avons passé une soirée tranquille, à regarder des photographies, sans ouvrir ni radio ni télévision.

Le lendemain, de bonne heure, je me suis rendue dans la cuisine avec les enfants. Ta mère, d'habitude, prend seule un petit déjeuner rapide. Quand elle reçoit une de ses belles-filles et ses petits-enfants, elle adore faire du petit déjeuner une fête matinale. Elle sort toutes les variétés de confitures qu'elle confectionne avec les fruits de son jardin. Vers huit heures moins dix, le téléphone a sonné. Elle a posé le pot de confiture de framboise et elle est allée répondre. La foudre venait de tomber sur nous; je ne m'en doutais pas.

Elle est revenue sans rien dire. Et brusquement, toujours sans un mot, elle est repartie pour ne plus revenir. Je comprenais que quelque chose n'allait pas. Je suis ressortie pour habiller les enfants, et j'ai eu l'impression, dans mes allées et venues, que ta mère m'évitait.

Je me demandais si je n'avais pas commis un impair sans m'en douter. Je me suis dit : faisons comme si tout allait bien. Je suis donc allée lire dans le jardin; les enfants faisaient de la balançoire. J'ai aperçu ton père. Comme tu le sais mieux que moi, on le voit rarement avant le milieu de la matinée. Ton père se lève et déjeune tôt; il va acheter le journal et se livre à sa promenade quotidienne.

Pour engager la conversation, j'ai remarqué : « Il y a des gens qui téléphonent tôt, cela a commencé ce matin avant huit heures. » Il m'a répondu : « C'était ta mère, elle a demandé de tes nouvelles. » Ma mère, avide de mes nouvelles? Je l'avais quittée la veille... Pourquoi ma belle-mère ne m'avait-elle pas signalé son appel? Décidément, ce matin, tout se passait de façon bizarre. Une vague inquiétude commençait à m'envahir, sans raison précise.

Je n'ai pas eu le temps de réfléchir davantage. Bruit de voiture à la grille : ma mère arrivait, tenant ostensiblement à la main des bermudas et des chaussures pour les enfants. Cela ne justifiait pas son déplacement : j'aurais pu les récupérer moi-même en allant à Saint-Malo, le lendemain. « Oui, mais je tenais à avoir de tes nouvelles. J'ai rêvé cette nuit que tu avais accouché... »

La situation était si fausse que j'ai préféré prendre les devants : « Maman, il se passe sûrement quelque chose de grave, et vous feriez mieux de me le dire. »

Elle me l'a dit.

La veille, pendant qu'à la Taplachotte nous nous passions des photos, mes parents regardaient l'émission de Bernard Pivot à la télévision. Au journal qui suivait, on avait annoncé ta disparition. Depuis quatre jours, l'expédition Africaraft ne répondait plus à la liaison radio. Pour ne pas gâcher ma nuit, maman n'avait appelé la Taplachotte que le lendemain. Ta mère, bouleversée, avait préféré que je tienne la nouvelle de la bouche de maman, espérant qu'ainsi je l'appréhenderais mieux.

Ici, j'en veux un peu aux amis et relations que tu avais dans la presse. Ils savaient et ne nous ont rien dit. Peut-être attendaient-ils d'avoir des informations plus positives avant de nous prévenir? Toujours est-il que, si mes parents n'avaient pas regardé la télévision ce soir-là, nous n'aurions appris ta disparition qu'après le reste de la France.

J'étais foudroyée, anéantie. Si je n'avais pas été à quelques jours de la naissance d'Anaïd, j'aurais suivi ton frère Jean, dont la réaction a été rapide. Attaché militaire à l'ambassade de France à Riyad, il avait sauté dans le premier avion pour Paris, et de là, pour le Zaïre. Ou alors j'aurais essayé de rattraper Patrice Franceschi qui a interrompu son tour du monde en ULM pour partir lui aussi à ta recherche, avec Pascal Manoukian.

Dans ma tête, je te voyais marchant dans la jungle, perdu ou blessé. En proie à une grande inquiétude, je me persuadais que tu allais revenir. On te cherchait. Des tas de gens te cherchaient, ils ne pouvaient pas ne pas te retrouver. Même si ça devait prendre beaucoup de temps.

Le lundi suivant, le 12 août, Louis, mon frère, a voulu me changer les idées et il m'a emmenée au cinéma l'après-midi. Je ne sais même plus ce que j'ai vu ni de quoi il s'agissait... un film avec Alain Delon, c'est tout ce dont je me souviens. A la sortie, avec Louis, nous sommes passés devant un marchand de journaux. Il affichait les magazines tout juste arrivés. Ton portrait s'étalait sur toutes les couvertures. L'ensemble était impressionnant. J'ai dit à Louis : « Philippe n'en croira pas ses yeux quand il reviendra. »

Et aussitôt après, je n'ai pu me défendre d'une réaction amère : les médias s'intéressaient à l'expédition Africaraft, oui, mais tard, bien tard. Je te revois, avant le départ, courant d'une chaîne de télévision à une station de radio : avec toute ta foi et tout ton enthousiasme, tu tentais de les convaincre de t'accorder un quart d'heure, sinon quelques minutes, pour informer le public de votre existence et de vos projets.

Je vais bien étonner tes admirateurs, persuadés que la célébrité ouvre toutes les portes : tu n'as pas obtenu ces quelques minutes que tu mendiais. Maintenant que l'échec avait succédé à l'enthousiasme, maintenant qu'Africaraft se disloquait en plein drame, et qu'il était trop tard pour l'aider, alors les médias se déchaînaient : c'était à qui en parlerait plus que l'autre.

Je vérifiais, douloureusement, ce que tu m'avais répété à plusieurs reprises et pas plus tard qu'au moment où tu réalisais ton film sur le travail admirable des sauveteurs en montagne. Ils sauvaient tous les jours des vies humaines, mais on ne parlait d'eux que lorsqu'ils ramenaient des cadavres. Tu me disais : « Les médias, la télévision surtout, donnent de la vie une vision sinistre. Tous les jours il se passe de grandes et belles choses dans le monde, on n'en parle pas. La presse ne fonctionne qu'avec les mauvaises nouvelles. Elle ne vibre que pour les catastrophes. »

Ne m'en veux pas, Philippe, si je te dis que la sinistrose de la presse d'information m'a finalement moins perturbée que la curiosité morbide de ce qu'on appelle la « presse à sensation ». Je ne vois vraiment pas en quoi l'agonie, la maladie, le chagrin des êtres, autorise l'exercice du « noble droit d'informer ». En quoi la vision d'une épouse malheureuse et sur le point d'accoucher pouvait-elle apporter une contribution valable à l'information sur les événements d'Inga? Des journaux ont cependant publié une photo de moi, dans ma chambre de clinique, prise au télé-objectif, à mon insu.

Depuis quelques jours, je ne sortais plus de chez mes parents pour éviter les « paparazzi ». L'un d'entre eux, moins voyant que les autres, s'était dissimulé avec son télé-objectif sur les gradins du stade avoisinant la maison... Ce n'est plus de l'information, c'est du voyeurisme, mais ça fait vendre du papier et ça peut rapporter gros!

J'étais attristée de voir les médias ne parler de toi qu'à travers cette expédition et ressasser sans cesse ce drame. Ta vie entière semblait s'être déroulée sur ce canot, et sur ce morceau de fleuve. Les tout premiers articles rappelaient en trois lignes ta participation à la Chasse aux trésors, ton surnom de « Tintin de la télévision française », et puis, en avant toute sur les mystères du Zaïre!

Comme si tu n'avais pas pris autant de risques en réalisant ton film sur le sauvetage en montagne, en enquêtant dans les maquis du Kurdistan, de Birmanie ou du Tchad. Comme si tu n'avais pas filmé les réfugiés du Cambodge ou les boat-people de la mer de Chine. Comme si tu n'avais jamais fait la Course autour du monde, ou les 100 kilomètres de Millau!

Très vite aussi, j'ai été gênée, choquée même par le vedettariat que les médias t'ont imposé, malgré toi, au détriment de tes compagnons. On ne parlait que de toi, et de moins en moins des autres. L'objet de toutes ces recherches, c'était toi. Celui qu'on espérait retrouver, c'était encore toi. On ne parlait plus que de « l'expédition Dieuleveult », et tu n'en étais ni le promoteur, ni le chef. On t'attribuait des responsabilités et des décisions, et ce n'étaient pas les tiennes.

Tu ne seras pas étonné si je me suis tenue à l'écart de ce phénomène médiatique dont la dérive m'inquiétait, ou me gênait. J'ai refusé d'entrer dans le jeu, de me montrer, d'accorder des interviews, d'abord parce que « seul le silence est grand » et que je n'avais pas à étaler mon chagrin sur la place publique.

Si je ne pouvais empêcher les médias de te donner la vedette au détriment des autres disparus, moi je pouvais refuser de la prendre à la place des autres épouses dont on ne parlait pas et qu'on n'interviewait pas, et j'étais bien placée pour savoir ce qu'elles ressentaient. J'ai essayé de le dire à quelques-unes d'entre elles. Que les autres sachent que leur pensée ne m'a jamais quittée : leur épreuve est la mienne.

Le jour même où la foudre s'est abattue sur la Taplachotte, j'ai averti les enfants : « Quelque chose est arrivé à papa, on ne sait pas quoi. » A Erwann, le seul des deux en âge alors de comprendre, j'ai recommandé : « A partir de maintenant, ne crois pas ce que tu entendras dire à la radio, à la télévision ou ailleurs. N'écoute que ce que maman te dira. »

Précaution utile, la dérive de l'information étant inévitable. L'ignorance de la topographie, la difficulté à localiser les témoins directs, l'imprécision des témoignages, les déclarations se propageant de seconde en troisième main avant de parvenir aux journalistes, la quasi-impossibilité de communiquer par téléphone, la lenteur des déplacements due à la configuration du sol – tout cela a entraîné des confusions, des distorsions, des contradictions qui ont préparé un terrain propice pour broder et dramatiser, voire exagérer. Le temps passant et rien de nouveau ne se produisant, il ne suffisait plus, pour tenir le public en haleine, de supposer ou d'interpréter. On en est venu à dire n'importe quoi, pourvu qu'il y ait Dieuleveult dans le titre.

Ton déjeuner avec le commandant Prouteau fournissait un excitant de choix pour les imaginations aux aguets. Ton enlèvement était la sanction d'une mission secrète, ta disparition n'était peut-être qu'une mise en scène... Toi qui rêvais de faire du cinéma, tu te retrouvais la vedette d'un grand film d'espionnage.

Pour lancer un mensonge, il faut toujours l'accompagner de détails destinés à le rendre vraisemblable, détails qui deviennent alors des « preuves à l'appui ». On a prétendu que, de ton entrevue avec cet officier, tu aurais rapporté des armes très sophistiquées : des fusées de la taille d'un stylo. Pourtant, de ces entrevues, j'ai bien cru, moi, ne te voir rapporter que des rations militaires, des bocaux de café soluble et des caisses de chewing-gum!

Intriguée par ces détails, je me suis renseignée : ce genre d'engin existe bien. On le trouve dans le commerce, n'importe qui peut en acheter.

Les journalistes, même les plus sérieux, ne se rendent pas toujours compte du pouvoir des mots qu'ils emploient. Certains mots peuvent faire à des familles en proie au malheur plus de mal qu'une arme à feu. Certains journalistes ont tiré à bout portant sur toi, sur moi, sur les enfants, sur tous ceux qui t'aiment, en te faisant passer pour un irresponsable, un inconscient, ayant entraîné tes camarades dans la mort, par orgueil. En conformité avec ton personnage de « baroudeur », et pour le soutenir, tu aurais déclaré (ils avaient donc un micro sur place?) : « En tout cas, moi j'y vais, qui m'aime me suive! »

Cette monstruosité, d'abord reprise, a été heureusement réduite à néant par la réaction rapide de tes anciens camarades du journal télévisé d'Antenne 2. Ils n'avaient pas de micro sur place eux non plus, mais ils te connaissaient et te savaient incapable d'une telle attitude. Par la voix de Noël Mamère, ils ont démenti cette « réputation de baroudeur injustifiée ». Au contraire, tu t'étais toujours montré à leurs yeux comme un « professionnel consciencieux et même méticuleux ».

Je n'ai pas envie de parler de ce qui s'est passé entre ton dernier coup de téléphone et le moment où tu as quitté l'île des hippopotames sous les yeux de François Laurenceau et Jean-Louis Amblard. On n'en a que trop parlé : le seul récit pour moi valable est celui que m'ont fait François Laurenceau et Jean-Louis Amblard.

Je préfère me rappeler tes réussites, et Inga, c'est l'échec. Mais je dois faire une exception pour rectifier cette affirmation grotesque. Tu n'as jamais dit : « Qui m'aime me suive » – tes camarades d'Antenne 2 avaient vu juste – c'est exactement le contraire qui s'est produit.

Le dimanche 5 août au soir, au retour de la reconnaissance des rapides, au cours de laquelle tu as failli être emporté par le courant, une discussion s'est engagée, pour déterminer par quel trajet précis il convenait d'aborder les rapides, longs de dix kilomètres, et si la tactique envisagée offrait des chances de réussite.

Avant que s'ouvre la discussion, tu es intervenu pour demander si on était bien sûr que les rapides d'Inga n'avaient jamais été franchis auparavant. Tu as précisé : « Si personne n'y est arrivé, je veux bien prendre le risque de tenter le coup. » Ce qui sous-entendait, d'après François : « Je ne veux prendre aucun risque pour tenter un exploit que d'autres auraient réalisé avant moi. »

André Hérault et Guy Collette t'ont alors assuré que jusqu'ici personne n'avait réussi à franchir les rapides. On avait attribué cet exploit à des Belges, des Canadiens, des Anglais. Mais vérification faite, les Belges s'étaient arrêtés après le premier rapide, les Anglais avaient démonté leurs bateaux et franchi les rapides à pied; ils étaient bien arrivés à Banana, mais après avoir remonté leurs bateaux. Quant aux Canadiens, l'un d'entre eux s'étant noyé, ils avaient abandonné à Kinshasa.

Un seul homme, disait-on à Kinshasa, avait vaincu les rapides : un pêcheur acculé par un boa n'avait pu lui échapper qu'en se jetant à l'eau, et avait été rejeté à peu près indemne dix kilomètres plus loin. Mais c'était là une légende inspirée par le fleuve; et les Zaïrois se la contaient à la veillée, autour du feu, pour se rassurer.

Après les précisions apportées par Hérault et Collette, tu as gardé le silence; tu n'es plus intervenu une seule fois dans la discussion. Démonter les bateaux et les remonter entraînerait un retard énorme et empêcherait de tenir la date du 9 août que Hérault et Collette s'étaient assignée pour l'arrivée à Banana. Pour respecter cette échéance, la seule solution consistait à emprunter le parcours suggéré par Collette. Mais sa proposition ne rencontrait ni enthousiasme, ni adhésion franche.

Toi, tu ne disais rien. François et Jean-Louis pensaient que même en suivant le tracé suggéré par Collette, les chances de réussir étaient pratiquement nulles : le raft aurait du mal à suivre la trajectoire prévue, en évitant le plus fort du rapide.

Avant d'aller dormir, vous êtes convenus de reporter la décision au lendemain matin; chacun alors s'abstiendrait de faire pression sur les autres, dans un sens ou dans un autre, la décision de chacun serait respectée par tous.

Aussitôt retirés avec toi sous votre moustiquaire collective, François et Jean-Louis t'ont annoncé leur décision de ne pas prendre le départ. Tu leur as dit que tu comprenais parfaitement leur point de vue. En poursuivant la conversation, ils ont eu le sentiment que tu étais très partagé et que tu aurais renoncé à tenter le passage si une majorité avait décidé de s'en abstenir. Ils ont compris que la décision ne t'appartenait pas; tu ne voulais ni combattre les arguments des autres, ni être celui qui a fait avorter la phase finale de l'expédition. Ils espéraient cependant que le sommeil et la réflexion déterimeraient une majorité opposée à la tentative.

Le lendemain, ils ont annoncé leur décision à Hérault, et il leur a semblé que celui-ci n'avait aucune envie de prendre le départ. Mais un peu plus tard, avant de demander son choix à chacun, il a déclaré, d'une voix étranglée par l'émotion, qu'en tant que chef de l'expédition il se devait de la poursuivre jusqu'au bout. Collette a redit sa certitude que le passage était possible et que les bateaux tiendraient. Au contraire de ce qu'attendaient François et Jean-Louis, Richard Jeannelle annonçait qu'il continuait. L'un après l'autre, Bastos, Angelini, Blockmans ont alors exprimé leur intention de continuer.

Quant à toi, résolument silencieux, tu n'as absolument rien dit, et on ne t'a rien demandé, ta déclaration de la veille étant prise comme une décision de continuer. On est loin du « Qui m'aime me suive »; ni toi, ni personne ne l'a jamais prononcé. La décision de continuer a été prise de façon courtoise et loyale. Et en connaissance de cause : chacun avait conscience du risque encouru.

Toi le premier : tu as chargé François d'un message pour moi et tu lui as recommandé : « En cas d'accident, essaie de retarder la nouvelle jusqu'à l'accouchement de Diane. » Je reconnais bien là ta délicatesse.

C'est avec une tranquillité feinte que vous avez échangé un : « Au revoir, demain à Matadi. Et à tout à l'heure à la radio. »

François a failli ne pas avoir le temps de vous photographier, tellement votre départ a été précipité. Comme si vous aviez hâte d'avoir la réponse qui vous préoccupait.

Chacun de vous a pris, semble-t-il, le départ uniquement pour ne pas faillir à l'honneur. On peut faire, et on fera, bien des objections à une telle démarche – qu'on aurait couverte d'éloges si elle avait réussi. En certaines circonstances, dira-t-on, l'honneur n'est qu'un faux amour-propre; et il est plus facile de dire oui que de dire non; et parfois, renoncer est grand.

Ce sont là des considérations en général destinées aux autres, et on les formule dans ses pantoufles et dans son fauteuil.

Pour moi, je conserve tout mon respect envers ces hommes qui ont placé leur honneur très haut : à l'égal de leur vie. Et je dirai humblement avec Georges Bernanos : « La vie vaut-elle plus que l'honneur? L'honneur plus que la vie? Qui ne s'est pas posé une fois la question ne sait pas ce que c'est que l'honneur, ni la vie [1]. »

Deux phrases que tu aurais aimé inscrire dans le carnet où tu rangeais, comme des trésors, les pensées fortes des hommes forts. Un carnet sur la couverture duquel ton nom était traduit dans toutes les langues. De *God wants it* à *Inch Allah* – et dont tu étais inséparable. L'as-tu emporté avec toi?

Voilà. Il y a longtemps que je voulais te dire ma pensée sur le choix difficile que vous avez fait, en ce matin du 6 août, à Inga. Un choix que peu de gens souhaiteraient affronter : l'honneur ou la vie.

Auparavant, je suis passée par toutes les attitudes et par toutes les incertitudes. Je me suis dit : Que vais-je devenir sans lui? Ensuite, je t'en ai voulu d'être absent, de m'abandonner en plein désarroi. Puis, peu à peu, je t'ai compris. J'ai réalisé tout ce que je te devais, tout ce que je n'ai pas su te rendre, j'ai voulu être digne de toi.

Sais-tu qu'on m'a accusée de ne pas l'être? Qu'on m'a reproché de t'avoir trahi? Certains correspondants m'ont même écrit que j'étais « vendue à Mobutu »...

Voilà qui te fera sacrément rire. Car toi, tu sais combien je suis peu manipulable, et encore moins achetable. Les journaux qui m'ont offert beaucoup, beaucoup d'argent pour que je leur donne une photo de ma petite fille peuvent le confirmer.

1. G. Bernanos, *Scandale de la vérité*, Gallimard, 1937.

Dès que je me suis sentie mieux, j'ai formé le projet d'aller au Zaïre. Je voulais voir de mes yeux le fleuve qui portait tes espoirs, ce passage dans lequel tu t'es évanoui. J'avais vaguement envisagé de partir au mois d'août, avec tes fils.

Peu de jours avant Noël, un après-midi, j'étais sortie faire des courses et acheter des cadeaux pour nos enfants. Ta mère les gardait. Quand je suis rentrée vers cinq heures du soir, elle m'a annoncé : « On a téléphoné, le président Mobutu t'attend ce soir à dix-huit heures. »

Je savais que le président du Zaïre était présent à Paris pour le sommet des chefs d'État francophones, mais je ne m'attendais pas à cette invitation.

J'avais tout juste le temps de m'habiller et de me concerter par téléphone avec mon avocat et avec Chantal Jeannelle, invités eux aussi. Je ne me suis pas posé la question de savoir si je devais ou non me rendre à cette invitation. J'étais prête à aller au bout du monde pour rencontrer toute personne de rang important ou modeste qui aurait pu me permettre de recueillir une information sur toi.

A mon arrivée, avenue Foch, j'ai aperçu un groupe de photographes devant la porte. Sans doute attendaient-ils la sortie d'un personnage illustre en visite chez le président du Zaïre. C'était moi l'objet de leur attente. Moi qui refusais le vedettariat que les médias cherchaient à m'imposer...

Le président Mobutu m'a reçue, naturellement, de façon courtoise. Il m'a demandé des nouvelles de nos enfants, m'a exprimé sa sympathie et son regret de voir le Zaïre impliqué dans ta disparition. Il nous a invitées, Chantal Jeannelle et moi, à venir nous rendre compte par nous-mêmes du danger que représentait la traversée des rapides d'Inga.

Je les ai vus à une époque où la hauteur importante des eaux les rendait moins redoutables qu'en août; et pourtant, j'ai été impressionnée par leur aspect. J'ai été surprise par la violence de ce fleuve, par la barrière farouche que la nature élève à tout instant contre l'étranger. J'ai pu mesurer les difficultés et les fatigues éprouvées par tous ceux qui ont cherché ta trace, et le dévouement que cela impliquait à tous les niveaux. Pendant la semaine où subsistait un espoir fragile de te retrouver, le vice-consul de France, M. Dupin, a vécu vingt-quatre heures sur vingt-quatre dans son bureau à l'ambassade. Il dormait sur un lit de camp, à proximité des télex et téléphones, pour être sûr de pouvoir agir sans perdre une seconde.

Il y a très peu d'hélicoptères disponibles au Zaïre. Le Président nous a prêté le sien, avec faculté de nous poser et de nous déplacer à notre gré. J'ai pu parler à beaucoup de gens. L'ingénieur zaïrois qui avait observé à la jumelle des hommes s'affairant dans ton canot échoué était souffrant. François Laurenceau m'avait fourni un compte rendu détaillé de son entretien avec lui.

L'ingénieur américain qui, lui aussi, avait vu ton canot évoluer au milieu des rapides n'était plus en service au barrage d'Inga. Beaucoup plus tard, Chantal et moi lui avons rendu visite aux États-Unis. Il nous a reçues chez lui pendant une soirée entière.

Ni cette visite aux États-Unis, ni mon séjour au Zaïre ne m'ont permis d'apporter une réponse aux questions que je me posais. Ton secret est, comme ton silence, impénétrable.

J'ai moi aussi envisagé toutes les hypothèses. J'ai cru successivement à chacune d'elles. Je n'ai rien trouvé, ni en France, ni au Zaïre, ni aux États-Unis, qui puisse confirmer l'une d'entre elles. Tout dans ce drame peut être interprété à double sens.

Toutes les conditions étaient réunies pour une « bavure ». Rien ne permet d'affirmer qu'elle ait eu lieu.

L'ingénieur américain a vu un canot tournoyer, s'élever à la verticale, retomber. Avant comme après, il paraissait vide. Mais l'équipage pouvait être invisible, à plat ventre, cramponné au cadre.

L'ingénieur zaïrois, influencé par la présence des sacs jaunes de l'expédition, a cru voir un Blanc avec un pull-over noir. Mais, la luminosité aidant, des Blancs bronzés et pas rasés peuvent être confondus à distance avec des Noirs à peau claire.

On m'a dit et écrit, avec aigreur, que si le président Mobutu m'avait invitée au Zaïre, c'était bien parce qu'il avait quelque chose à cacher. On peut rétorquer : s'il avait quelque chose à cacher, m'aurait-il invitée?

Toi qui as horreur de la politique, tu serais furieux de l'exploitation politique qu'on a tenté de faire de ton cas.

C'est Erwann qui a le mieux, et le plus simplement, exprimé mon incertitude. Pour la première fois depuis des mois, il a accepté spontanément de parler du drame qui l'étouffait. Il l'a fait, à l'école, dans une petite composition française sur un thème libre. On lui demandait de dire ce qui l'avait le plus marqué ces derniers mois. Il a écrit :

Mon papa

Mon papa est parti faire un grand voyage avec des copains. Un moment il se perd. Mon oncle Jean est un soldat et il part à la recherche de papa. Il [redacted] cherche partout mais il ne trouve rien. Et on se demande ou il est. Il [redacted] peut être mort ou vivant.

FIN

11

Oui, c'est beau la vie

Tu aimais dire : « Entre la naissance et la mort, il y a un grand vide, il faut le remplir. »

Et tu t'es mis à remplir ton existence, de bonne heure, et de plus en plus vite; comme si tu craignais de ne pas en avoir assez fait à l'échéance finale. Tu ne gaspillais pas le temps que le destin t'avait imparti.

Tes projets, tes rêves, tous les défis avec lesquels tu jonglais, il y avait de quoi remplir ta propre vie et celle d'un autre. Pour moi, tu resteras l'homme qui courait après le temps, toujours pressé par le flot des tâches que tu t'étais fixé!

Après ton retour du Zaïre, prévu pour le 13 août, tu devais rester quelques jours à Saint-Malo pour attendre la naissance de ta fille. Pas longtemps. Le mari de ma sœur Hedwige, Alain Bastien-Thiry, t'attendait dans les Vosges, vers le 20 août, pour tourner une séquence de son film, *le Souillot*. Tu avais accepté le rôle d'un garde-chasse, froid et décidé, venu de Paris pour capturer un braconnier sauvage et assassin interprété par Bernard-Pierre Donnadieu.

Aussitôt rentré des Vosges, il te fallait repartir, au début de septembre, pour l'Afrique, en compagnie de Thierry Sabine, pour repérer à moto l'itinéraire du prochain rallye automobile Paris-Dakar. Claude Lelouch, lui aussi du voyage, devait en profiter pour tourner une partie de son film *Un homme et une femme, vingt ans après*. Dans ce film, il te donnait enfin la chance que tu étais allé lui demander quatre ans plus tôt, au moment où il s'apprêtait à réaliser *Edith et Marcel*. Claude Lelouch t'a attendu tant qu'il a pu, puis il t'a remplacé, je crois, par Richard Berry, ou par Philippe Leroy-Beaulieu?

Parmi d'autres projets de cinéma, tout à fait crédibles, il y avait un film d'aventures fantastiques : *Cauchemar express*. L'auteur, Bernard Granger, avait même obtenu une aide financière de la Commission d'avances sur recettes cinématographiques. Tu avais toi-même plein d'idées de scénarios de films, dont deux assez élaborés que tu m'avais racontés. Mais tu ne trouvais jamais le temps de les mettre sur le papier. L'un de ces scénarios avait trait à une femme qui disparaissait et retrouvait son mari à l'autre bout du monde, après des tas de péripéties. L'autre histoire concernait une famille nombreuse dont tous les enfants disparaissaient les uns après les autres, les parents se retrouvant seuls. Tu rêvais aussi d'adapter au cinéma un livre de Frison-Roche dans le style des *Aventuriers de l'arche perdue*.

Si l'on t'avait demandé de choisir, c'est aux projets de cinéma que tu aurais donné la préférence. D'abord, pour des raisons que tu as déjà expliquées : vivre rapidement des quantités d'existences. Ensuite, parce que le cinéma permet de défouler une énergie impossible à libérer dans la réalité. « Au lieu de m'énerver dans la vie courante, je le ferais à travers un personnage de fiction. » Et aussi parce qu'il s'agit d'un domaine dans lequel tu avais acquis des possibilités sans avoir eu l'occasion de les utiliser complètement. En tant que reporter-cinéaste, tu avais désormais une certaine expérience de l'image et du montage, mais derrière la caméra. Et tu avais envie d'explorer l'autre côté, donc d'être comédien.

Quant au petit écran, tu avais toutes les chances d'y

reparaître dans un proche avenir. Grâce à la série « Mission possible » de Jacques Antoine, d'abord. Tu avais aussi été approché par les responsables du secteur audiovisuel du groupe Filipacchi-Hachette.

Et puis il y avait l'activité de ta propre société de production, Passeport bleu. Elle avait débuté en février 1984 par le tournage d'un film sur La Clusaz : *le Clocher*; elle s'est poursuivie en juillet 1984 avec le film sur le sauvetage en montagne : *En limite de puissance*. Un film pour lequel tu avais pris beaucoup de risques, suspendu en hélicoptère dans le vide, une caméra dans les bras. Il a été acheté par des chaînes de télévision étrangères (Japon, Suisse, Grèce, Maroc, etc.), mais pas encore par une chaîne française.

En limite de puissance était le premier d'une série de films utilisant les possibilités de prises de vues offertes par l'hélicoptère : la pêche au thon, le sauvetage en mer. Dans un autre domaine tu envisageais aussi – mais il y avait beaucoup d'obstacles à lever – un reportage sur le GIGN (Groupement d'intervention de la gendarmerie nationale). Un autre projet de film sur l'aéronautique n'avait pas encore abouti, mais tu n'y renonçais pas. Je me souviens aussi d'un projet sur les pompiers de Paris et d'un autre sur... les implosions.

Le semi-échec de ton disque *Los Angeles 84* ne t'avait pas découragé. Tu t'es même risqué à enregistrer trois chansons. Finalement, tu as refusé de les laisser sortir, mais nos garçons les chantent sans se faire prier, à la moindre occasion. Tu envisageais aussi d'enregistrer sur disque des histoires pour enfants. Tu étais séduit encore par l'idée d'un disque pour adolescents et adultes, te permettant d'interpréter *la Jeunesse* et deux poèmes de Kipling : *Tu seras un homme mon fils*, et *la Route de Mandalay*.

Tu avais l'intention d'éditer toi-même une série de livres guides destinés à donner aux enfants le goût de voyager. Chaque livre aurait permis une découverte du pays considéré à travers un récit-reportage très vivant puisque raconté et vécu par toi, et illustré de photographies te mettant aux prises avec les réalités locales. Le premier livre à publier par les Éditions du Voyage (la société que tu avais fondée avec André Hadjez) était consacré au Maroc. Tu en avais réalisé la partie photograhique en mars 1985. La préparation de l'expédition Africaraft ne t'a pas permis de pousser la réalisation plus loin.

J'énumère là une partie seulement des projets dont tu bouillonnais : ceux qui m'ont marquée ou dont la mise en œuvre était la plus ébauchée. Et j'en viens aux projets que tu chérissais le plus, les projets sans aucune perspective de rentabilité financière. Les projets qui te faisaient vibrer et t'aidaient à supporter les lenteurs et les contraintes de tous les autres. Les projets fondés sur l'exploit physique et le voyage.

Le plus avancé, par sa date et sa préparation, était la descente du Gange à la nage, depuis sa source jusqu'à la première ville sainte. Tu devais l'entreprendre au retour du repérage du Paris-Dakar, en octobre 1985. Cette descente du Gange a finalement eu lieu, sans toi, en décembre.

Elle s'est bien déroulée, sans victimes, et sans vedette. Aussi les médias ont-ils donné un écho modeste, trop modeste, à cette entreprise dont l'initiateur était André Payrault, spécialiste de la nage en eau vive.

A la fin de l'automne 1984, il t'avait joint au téléphone : « Je vais faire l'an prochain la descente du Gange à la nage depuis sa source. Voulez-vous me filmer? » Tu avais répliqué : « Ça m'amuserait beaucoup plus de faire la descente à la nage avec vous! » Et pour marquer l'entraînement par un coup d'éclat, tu t'es baigné dans la mer de Saint-Malo, le 25 décembre 1984.

Par la suite, l'entraînement a été à la fois plus classique et plus rigoureux. Il s'est déroulé dans les rivières et torrents de Haute-Savoie, près de Sallanches, le village où habite André Payrault. Les amis de Jean Cocteau avaient décerné à *J'ai du ciel bleu dans mon passeport* le « prix des Enfants terribles », la remise du prix devant avoir lieu à l'hôtel Mont-Blanc à Megève, non loin de Sallanches. C'était te donner une bonne occasion d'ajuster une fois encore les vacances de ta famille à ta vie professionnelle.

André Payrault nous avait trouvé un chalet typiquement savoyard où nous nous sommes installés avec un de tes amis de la Préparation militaire parachutiste, Philippe Gobbaertz, et sa famille. A peine arrivés, tu n'as pas pu résister à l'envie d'essayer tout de suite les combinaisons de plongée. Vite, comme un enfant impatient essaie le jouet qu'il vient de recevoir... Il était trop tard pour aller jusqu'à une rivière, alors vous vous êtes enterrés dans la neige. Le second degré consistait à plonger dans un lac gelé.

Le lendemain, comme je faisais des courses, je vous ai vus passer en plein Sallanches – la rivière traverse le village. Avec vos combinaisons, vos sacs à dos vous ressembliez à des cosmonautes tombés de leur soucoupe volante. La suite de l'entraînement, dans les torrents de montagne, a été plus rude. Mais pas trop difficile, disais-tu, bien qu'un jour tu aies perdu ton sac à dos, et qu'un autre jour tu aies heurté un rocher.

Ma journée commençait vraiment quand la tienne finissait, vers quatre heures et demie. Revigoré par un chocolat brûlant – exception à ton habituel café au lait – tu te lançais dans d'interminables parties de Monopoly avec nos amis. Comme d'habitude, tu étais mauvais perdant. Quand au contraire tu étais en passe de gagner, tu avais la fébrilité, l'excitation remarquées par les spectateurs de la Chasse aux trésors, quand tu arrivais en fin d'émission.

La descente du Gange à la nage, c'était le deuxième grand projet sportif de 1985. L'année 1987 te verrait faire le tour du monde en dirigeable avec Patrice Franceschi et divers copains de la Guilde du raid. Le projet de 1986, tu le partageais avec René Romet et l'équipe des sauveteurs en montagne, que tu avais vus opérer, suspendus à un hélicoptère le long d'une paroi, quand tu tournais *En limite de puissance*.

Vous envisagiez très sérieusement de survoler l'Everest en hélicoptère, tu comptais en profiter pour te faire « treuiller » au sommet, c'est-à-dire : larguer au sol, suspendu à l'appareil par un câble. Je te croyais physiquement capable de réaliser cet exploit, mais après : comment redescendrais-tu? « J'en sais rien, peu importe... Le plus difficile sera d'atteindre l'Everest et de me treuiller. Une fois mis le pied à terre, il faudra bien que je redescende. »

Parmi tes rêves un peu fous et encore vagues, il y avait le désir, pas très affirmé mais tu le caressais, de participer aux 24 heures du Mans. Tu avais déjà fait quelques courses avec l'écurie automobile de Moustache : le Star Racing Team. Tu côtoyais là Chantal Nobel et Luc Mérenda, les vedettes de Châteauvallon; Jean-Louis Trintignant, Rémy Julienne le cascadeur, Michel Fugain et Moustache, naturellement.

Pendant la descente du Zaïre, sur le canot où avaient pris place François Laurenceau et Marc Gurnaud, tu leur proposais de t'aider à fonder une association de reporters cinéastes. Les cotisations des membres auraient fourni aux fondateurs le financement des voyages et des films. En contrepartie, les simples adhérents bénéficieraient de divers avantages : partager certaines activités des fondateurs ou assister à celles-ci. C'était une version audiovisuelle de l'École de l'aventure. Mais l'eau du Zaïre a emporté ce beau projet, et tous les autres aussi.

Un jour de mai 1979, dans l'avion qui t'emmenait à Bangkok, tu écrivais à mon intention dans ton carnet de route :

« Je reviendrai avec un bon document et je serai

lancé. J'ai confiance en moi, mais j'ai aussi peur. Peur de quoi? de la Mort? de l'accident? Non, pas tellement. J'ai peur de te laisser seule pour de longues années. Seule avec pour unique souvenir notre fils Erwann... »

C'est fait.

Mais comme tu ne peux rien faire comme tout le monde, tu es parti dans un grand coup de cymbales qui a fait sursauter la France entière. Tous les médias étaient braqués sur toi. Tu as fait la couverture de tous les magazines et la une de tous les journaux. Tu dois en être surpris, ravi, abasourdi. Tu n'en espérais pas autant dans tes rêves d'adolescent les plus fous. Comme on dit au cours René Simon, tu n'as pas raté ta sortie.

Ce coup d'éclat final, c'est un peu ta dernière farce. Au détour d'un fleuve africain, tu t'es évanoui comme un personnage de légende. Et comme un personnage de légende, certains ont cru te voir réapparaître un peu partout, loin de là. Sans pouvoir l'expliquer, même en recourant aux recettes du fait divers ou du roman d'espionnage. Le mystère d'Inga, c'est ta dernière mystification.

Vivre avec toi, ce n'est pas facile. Vivre sans toi, encore moins.

Ceux qui m'ont dépeinte digne et courageuse, l'auraient-ils fait s'ils avaient pu me voir le soir, quand je me retrouvais seule après avoir couché les enfants, ou quand j'ai rangé tes placards et tiroirs? Je n'aurais jamais pu reprendre pied si je n'avais pas été entourée par ma famille, nos amis et surtout nos enfants.

Le moment le plus dur a été mon retour dans la maison vide, avec nos deux fils et notre petite fille dans les bras. Dans cette maison voulue par toi, remodelée et aménagée par toi, imprégnée de toi. Où le moindre regard rencontre un objet choisi et voulu par toi; dans son cercueil de paraffine, la tarentule du raid à moto Caracas-Rio de Janeiro, la reproduction en bois du dodo de l'île Maurice et le masque du Gran Diablo, échos de deux Chasses aux trésors.

Des sacs mis à sécher, des vêtements que tu n'as pas eu le temps de ranger, des numéros de téléphone griffonnés sur un bloc-notes, traînaient sur la table du salon; tout laissait croire à une absence de quelques heures.

Tu n'as pas fini, ici, Philippe! Tu as encore plein de choses à nous apprendre et plein de choses qui t'attendent. Les garçons veulent que ce soit toi, et personne d'autre, qui répare la voiture ou le robot défaillant. « Je le mets sur le bureau de papa, il le réparera quand il reviendra. » Et c'est ainsi à chaque voyage. Mais cette fois, ton bureau ressemblerait à un cimetière de jouets et d'objets si mon bricoleur de service ne venait à notre secours.

Tu as souvent essayé de me démontrer que dans la vie on est toujours seul. C'est vrai, et pourtant pas complètement. Je m'en aperçois depuis que tu n'es plus là : tu as tout à coup pris une dimension autre dans ma vie. Tu es entré en moi, tu as cessé d'être pour moi une simple personne physique à qui l'on essaie d'arracher des mots, des gestes, pour se prouver quoi? Que l'on s'aime, que l'on a besoin l'un de l'autre?

Nous n'en sommes plus maintenant à nous apporter ces preuves. C'est pourquoi je te sens devenu plus proche de moi, plus présent, maintenant que j'essaie de ne plus attendre ton retour physique.

Je ressens parfois ton absence comme une épreuve que tu m'imposes, une façon de me mettre au pied du mur pour m'obliger à me réaliser et à être forte, pour m'obliger à suivre ton conseil si souvent répété : « Fais enfin ce qui te plaît, ce que tu veux, sans composer avec moi... »

Sois sans crainte, je regarderai la vie en face. Je suivrai ton exemple, j'essaierai d'être comme toi, réceptrice « à ce qui est beau, bon et grand, réceptrice aux messages de la nature, de l'homme et de l'infini![1] ».

J'espère seulement que là où tu es, tu as trouvé cette paix et ce après quoi tu courais sans jamais t'arrêter. Tu voulais tout à la fois : plein d'enfants mais aussi courir le monde. Emmener ta famille en voyage pour voir tout ce que tu avais vu. Faire un grand village pour réunir ta famille et tes amis, où tous auraient été heureux.

Parfois, je me demande si toi tu l'étais vraiment. Tu croyais en toi. Peut-être as-tu cru en moi un peu, aussi. Mais tu recherchais la perfection : je ne pouvais pas te l'apporter.

J'aurais mille autres choses à te dire. Mais tu m'as appris qu'à certains moments les mots, les mots de tous les jours, sont impuissants, inutiles, pour exprimer nos sentiments.

A ton arrivée de la Course autour du monde, nous étions trop émus pour échanger une parole, tu m'as dit : « Ne parle pas, écoute. » Et tu m'as fait entendre, enregistré sur ton magnétophone, un poème chanté par Jean Ferrat.

Aujourd'hui, je me tais et j'écoute.

Tout ce qui tremble et palpite,
Tout ce qui lutte et se bat,
Tout ce que j'ai vu trop vite
A jamais perdu pour moi
Pouvoir encore te garder
Pouvoir encore t'écouter
Et surtout pouvoir chanter
Que c'est beau, c'est beau la vie!

. . . .

Tout ce que j'ai failli perdre,
Tout ce qui m'est redonné
Aujourd'hui me monte aux lèvres
En cette fin de journée.

1. *J'ai du ciel bleu dans mon passeport*, chap. 24.

Pouvoir encore partager
Ma jeunesse et mes idées
Avec l'amour retrouvé
Que c'est beau, c'est beau la vie!

Pouvoir encore te parler
Pouvoir encore t'embrasser
Te le dire et le chanter
Oui, c'est beau, c'est beau la vie.

Oui, c'est beau la vie!

Sans oublier les jours tristes et noirs et tous ceux où l'on crâne pour se donner du courage.

La vie est une aventure.

La seule façon de la vivre, c'est d'être debout quand il le faut; c'est à dire, quand la nature s'éveille, quand un ami t'appelle et quand tu te sens responsable !

Responsable de quoi ? c'est la vie qui te le dira. Fais lui confiance. Elle n'est pas compliquée, elle ne te donnera que ce que tu mérites.

A toi de la provoquer, joue avec elle, elle t'attend

Ne la trahis pas !

Sincèrement

Pelletier

TABLE

Cet ouvrage a été réalisé sur
Système Cameron
par la SOCIÉTÉ NOUVELLE FIRMIN-DIDOT
Mesnil-sur-l'Estrée
pour le compte des Éditions Grasset
le 24 octobre 1986

Imprimé en France
Dépôt légal : octobre 1986
N° d'édition : 7148 – N° d'impression : 5500
ISBN : 2-246-37841-9